# MERLIN TUE UN ZOMBIE

## MYSTÈRES MAGIQUES DE MERLIN
### LIVRE 3

## MOLLY FITZ

MINOU MYSTÉRIEUX

**Rédactrice :** Jennifer Lopez, Mistress with the Red Pen
**Traductrice :** Suzanne Voogd
**Design de couverture :** JoY Author Design Studio

Ceci est une œuvre de fiction. Les noms, personnages, entreprises, lieux, événements et incidents sont soit le produit de l'imagination de l'auteur, soit utilisés dans le cadre de la fiction. Toute ressemblance avec des personnes réelles, vivantes ou mortes, ou des événements réels ne serait que pure coïncidence.

Minou Mystérieux
PO Box 873543
Wasilla, AK 99687

# AU SUJET DE CE LIVRE

Quand mon chat m'a apporté un oiseau mort en cadeau, j'ai grimacé.

Quand l'oiseau mort est soudain revenu à la vie, j'ai crié.

Au début, je me suis dit que cela pouvait arriver parfois, quand on vivait avec un chat magique. Sauf que ça a continué à se produire.

Il s'avère qu'un ennemi de notre connaissance crée une armée de créatures mort-vivantes avec pour objectif de nous faire capituler. Mais Merlin et moi, nous refusons de laisser prédominer la magie noire... d'autant plus que toute l'existence de la magie est maintenant en danger.

Et si la magie meurt, ce sera aussi le cas de tous ceux qui la pratiquent.

Oh non, mon chat ne sera PAS une victime de cette guerre horrible. Je suis prête à me frayer un chemin à travers un million de zombies pour aller éliminer le grand méchant. Rien ne viendra s'immiscer entre ce chat sorcier et son familier... et je suis prête à le prouver.

# REMARQUE DE L'AUTRICE

Bonjour, merci d'avoir choisi ce livre! Si vous aimez autant que moi les *cozy mysteries* qui font rire, nous allons bien nous entendre.

Pour commencer, j'aimerais vous inviter sur ma page Facebook dédiée exclusivement à mon lectorat francophone. Vous pouvez le faire ici :

**facebook.com/lapilealire**

Et vous pouvez également vous inscrire à ma newsletter pour recevoir un cadeau numérique gratuit comprenant une histoire exclusive au sujet d'Octo-Chat que je réserve à mes abonnés:

**minoumystérieux.com/abonnez**

Nous allons bien nous amuser ensemble. Tout commence en tournant la première page...

On se revoit de l'autre côté,

MOLLY

# 1

Salut, je m'appelle Gracie Springs. Je suis une barista d'une vingtaine d'années et je travaille pour payer mes études. Bon, j'aurais dû obtenir mon diplôme il y a plusieurs mois, mais je n'ai pas encore trouvé le temps de terminer mon mémoire.

Vous ne pouvez pas vraiment m'en vouloir pour ça, tout bien considéré. Sérieusement, essayez de travailler en tant que familier humain pour un chat magique avec au moins deux ennemis dangereux et dites-moi comment vous faites pour rester à la hauteur de vos obligations quotidiennes.

Depuis que mon Maine coon Merlin m'a révélé ses pouvoirs, j'ai subi une tentative d'assassinat après l'autre.

Quand j'ai emménagé pour la première fois dans la petite ville géorgienne d'Elderberry Heights, il y avait juste mon petit chat normal et moi, dans la maison que m'a donnée ma grand-mère quand elle est partie prendre sa retraite dans les Keys de Floride. Mais Luna, la femme enceinte de Merlin, est venue se joindre à nous, ainsi que l'ancien familier de Luna, un fantôme assez grognon et super diabolique nommé Virginia.

Oui, on commence à être un peu à l'étroit et les chatons ne sont même pas encore nés !

Vous voulez un autre rebondissement amusant ?

Je descends du roi Arthur et mon chat sorcier possède une lignée célèbre, lui aussi. Il descend du Merlin originel.

Non, pas de l'imposteur humain que tout le monde pense connaître. Le vrai sorcier, celui qui s'avère avoir été un chat.

À cause de notre ascendance entremêlée, Merlin et moi avons un lien presque impossible à briser. Cela fait aussi de nous une cible très visible.

Notre ennemie d'origine, Dash, n'est pas apparue depuis un moment, mais nous sommes certains qu'elle se recentre et qu'elle reviendra bientôt nous embêter.

Je ne sais franchement pas ce qu'elle nous veut et j'ai presque trop peur de le découvrir.

Parce que franchement? Plus j'en apprends sur le monde magique, moins j'ai l'impression de le comprendre. Je ne peux pas lancer de sorts, mais je peux contenir la magie en moi. C'est mon rôle principal en tant que familier de Merlin, en fait : être un récipient ambulant pour son surplus magique. S'il était un sorcier normal, me lier à lui n'aurait pas tellement perturbé ma vie.

Cependant, puisque mon chat est tout sauf normal, je vis un événement presque fatal après l'autre.

Je donne peut-être l'impression de me plaindre, mais en réalité je suis contente d'aider. Quelqu'un doit bien s'occuper des méchants, après tout.

Alors, pourquoi pas moi?

Je sais, ce sera une belle épitaphe pour ma tombe...

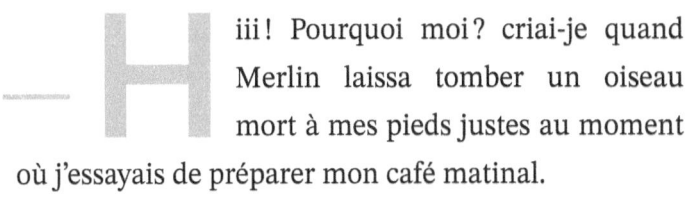iii! Pourquoi moi? criai-je quand Merlin laissa tomber un oiseau mort à mes pieds justes au moment où j'essayais de préparer mon café matinal.

— C'est un cadeau, annonça fièrement le Maine coon poilu.

Il ne sembla pas du tout outré par ma réaction à cette offrande dégoûtante.

Je grimaçai en examinant l'oiseau inanimé à mes pieds.

— Qu'est-ce qui pourrait bien te faire croire que je veux ça?

— Pourquoi ne le voudrais-tu pas? rétorqua-t-il.

Il agita la pointe de sa queue, révélant le début de son irritation contre moi.

— Et comment sais-tu que tu ne l'aimes pas avant d'avoir goûté?

Cet échange prouvait que même si nous pouvions nous parler, nous ne pouvions pas nécessairement nous supporter.

— Euh, merci, dis-je en me penchant pour examiner le « cadeau » de plus près.

J'allais devoir trouver un moyen de m'en débarrasser dès qu'il aurait le dos tourné. Seulement, Merlin semblait toujours me surveiller.

— Tu vois, ce n'était pas si difficile, insista mon chat avec un sourire satisfait sur son visage moustachu.

J'essayai de trouver quoi dire — et il me fallait

plus de temps quand je n'avais pas encore bu mon café de la journée — quand l'oiseau revint à la vie.

Je poussai un cri et je trébuchai, tombant durement sur le derrière.

— Ne t'inquiète pas, Gracie! cria Merlin en passant à l'action. Je vais te sauver de cet ennemi emplumé!

Muette de surprise, je l'observai sauter en l'air, plonger les canines dans l'oiseau, puis atterrir sur le lino d'un seul geste fluide.

— J'aurais pu... jurer... qu'il était... mort, grommela-t-il avec l'oiseau dans sa bouche.

Puis, je fus horrifiée quand il mordit l'oiseau avec force.

Oh, ce pauvre petit rouge-gorge.

Merlin laissa à nouveau tomber l'oiseau maintenant soigneusement assassiné à mes pieds, puis il commença à se laver en léchant longuement son flanc.

Je ne savais pas quoi dire. Je ne pouvais certainement pas me forcer encore à le remercier, mais je ne pouvais pas vraiment punir mon chat parce qu'il faisait exactement ce que font les chats.

Pendant que je fixais l'oiseau, stupéfaite, il commença à revenir à la vie. D'abord, ce ne fut que la pointe d'une aile, mais ensuite un petit œil noir et rouge s'ouvrit d'un seul coup.

Je reculai jusqu'à me cogner au frigo.

— Oh non, pas question! cria Merlin en bondissant une nouvelle fois avant que sa victime puisse s'envoler.

Il mordit une fois de plus, lui rompant le cou de sorte que sa tête pende sous un angle peu naturel.

J'inspirai profondément en priant pour qu'une telle scène ne se déroule plus jamais dans ma cuisine. Avec ou sans café, j'étais maintenant entièrement réveillée... et aussi certainement traumatisée à vie.

— Est-il vraiment mort, maintenant? chuchotai-je après une brève pause, craignant que mes paroles puissent réveiller l'oiseau de son sommeil de mort.

S'il était vraiment mort, cette fois.

Merlin et moi regardâmes tous deux le petit tas de plumes défiguré... qui se remit à bouger.

Ce n'était absolument pas la façon dont j'avais prévu de commencer la journée!

# 2

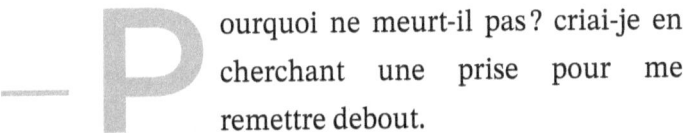— **P**ourquoi ne meurt-il pas ? criai-je en cherchant une prise pour me remettre debout.

— Ça sent la magie noire, déclara Merlin avant de bondir sur l'oiseau mort-ou-mourant-ou-mort-vivant. Va voir Luna. Je m'occupe de ce monstre !

Eh bien, il n'eut pas besoin de me le dire deux fois. Je courus de la cuisine et passai la porte d'entrée sans même prendre le temps d'enfiler une paire de chaussures. La rosée matinale colla à mes chaussettes, mais je m'en moquai. Je pouvais facilement enfiler des chaussettes propres, alors que je ne pouvais pas supporter de regarder Merlin s'occuper du monstre au bec pointu dans la cuisine.

Je fis le tour de la maison à toute vitesse et je

découvris Luna étalée sur l'herbe, au soleil. Depuis qu'elle était enceinte, elle avait commencé à passer beaucoup plus de temps dans le jardin. Je l'avais même aidée à planter quelques fleurs et herbes pour qu'elle supporte mieux l'éloignement de sa maison qu'elle ressentait parfois.

En me voyant, elle roula doucement sur le ventre et se releva, toujours parfaitement gracieuse et élégante, même vers la fin de sa grossesse.

Oui, l'arrivée des chatons approchait. Les chats m'avaient donné une semaine pour planifier leur mariage quand ils avaient découvert qu'ils attendaient des petits. Ils avaient estimé que puisque les liens sacrés du mariage étaient importants pour les humains et pas tellement pour les chats, j'allais être ravie de faire tout le travail. Cela avait eu lieu quelques semaines auparavant. Les jeunes mariés avaient passé quelques nuits hors de la maison pour célébrer leur lune de miel, puis la vie était redevenue normale... enfin, aussi normale que possible quand on avait deux chats qui parlent et un fantôme pour colocataire.

J'avais presque commencé à croire que les méchants magiques de ce monde en avaient terminé avec nous, mais nous avions maintenant un rouge-gorge très amoché pour prouver le contraire.

— Oh, non, dit Luna en remarquant mon air las. J'avais dit à Merlin que tu n'allais pas aimer ce cadeau, mais il a insisté. Il prétend que tu n'as pas été toi-même depuis que Virginia a emménagé et il voulait faire un geste pour te montrer que nous t'apprécions.

— C'est assez gentil, en réalité, dis-je avec un demi-sourire en frottant mon dos douloureux. Mais oui, tu avais raison, l'oiseau était une idée horrible. Surtout si l'on considère qu'il ne veut pas rester mort.

Les oreilles de Luna s'aplatirent sur sa tête et elle écarquilla ses yeux bleus.

— Comment ça, il ne veut pas rester mort? demanda-t-elle en chuchotant.

— C'est exactement ce que j'ai dit. Cette chose semble morte, puis elle revient à la vie quelques instants plus tard. Je suis à peu près certaine d'avoir vu Merlin lui rompre le cou, mais même ça n'a pas suffi à l'arrêter.

Je frissonnai à ce souvenir... souvenir qui allait sans aucun doute réapparaître de nombreuses fois dans mes cauchemars.

— Je crois aussi que je suis peut-être végétarienne, maintenant.

Luna siffla.

— Ne plaisante pas au sujet de choses aussi terribles.

— Laquelle de ces choses penses-tu être une plaisanterie ? bafouillai-je, incrédule.

Luna m'examina un moment.

— Oh, tu es sérieuse, n'est-ce pas ?

— Mortellement sérieuse, dis-je en serrant les dents. Ou plutôt, je suppose, mort-vivantement sérieuse.

— Oui, c'est apparemment la situation que nous avons sur les bras maintenant, acquiesça Luna en hochant la tête d'un air solennel.

— Parles-tu de... ?

Je ne pouvais même pas finir cette phrase. Le mot me semblait si improbable.

— Zombies, confirma Luna.

— Mais comment ? explosai-je en maudissant notre malchance.

Quelque chose me disait pourtant qu'une absence de chance n'avait aucun rapport avec la situation.

— Le comment est assez simple, expliqua patiemment Luna. C'est le pourquoi qui m'inquiète davantage.

— Eh bien, tu m'as rendue curieuse, maintenant.

La chatte fixa la maison sans rien dire.

— Comment sont créés les zombies, Luna? l'encourageai-je.

Elle cligna les paupières en regardant le soleil, puis elle se tourna lentement vers moi.

— Eh bien, tu sais que les chats possèdent neuf vies?

— Bien sûr, dis-je pour accélérer la conversation.

J'avais toujours supposé que c'était seulement une expression, mais manifestement pas. J'allais devoir me rappeler de poser des questions là-dessus plus tard, quand nous n'aurions pas à affronter un zombie dans la cuisine.

— Ce n'est pas le cas de tous les chats. Seulement les sorciers. Nous ne sommes pas immortels, mais l'on nous accorde des vies supplémentaires.

— D'accord, dis-je en hochant la tête. Je suppose que c'est logique.

— Nous pouvons faire don de nos vies à d'autres. C'est un sort complexe mais relativement connu. Normalement, c'est un sort bienveillant qui sert à aider les conjoints à rester en vie aussi longtemps l'un que l'autre.

— Mais je suppose que ce n'est pas le cas avec l'oiseau que Merlin a apporté?

— Non, affirma-t-elle en cherchant quelque chose du regard. Il existe une version corrompue du sort de partage de vie. Il peut être utilisé pour ranimer les morts.

— Mais cet oiseau venait seulement de mourir. Je l'ai vu, lui rappelai-je.

Le visage de Luna se crispa, ce qui ne me rassura pas beaucoup.

— Oui, ça signifie que notre pratiquant de magie noire se trouve tout près.

— Penses-tu qu'il fera d'autres zombies?

— Je suppose que le premier n'était pas un accident, alors il y'en aura sans doute d'autres.

— Mais pourquoi quelqu'un accepterait-il de céder toutes ses vies juste pour nous faire un peu peur?

C'était ce que je ne comprenais pas. Même si nous ne pouvions pas tuer l'oiseau, nous étions encore bien plus grands et plus forts et nous pouvions trouver un autre moyen de le maîtriser.

— C'est ce qui m'inquiète le plus, chuchota Luna. Les êtres véritablement diaboliques parmi nous — ceux qui envisagent d'utiliser un sort de ce genre — peuvent aussi contrôler les esprits et les volontés des autres. Il est possible que le coupable possède une armée de sorciers impuissants à sa disposition et que chacun dispose d'un escadron de zombies.

Je soupirai en passant une main dans mes cheveux.

— Tout est sur le point de très mal tourner, hein ?

— Oui, vraiment, grogna Luna comme si le fait de prononcer ces mots allait également les rendre réels.

Luna était la plus courageuse parmi nous. Si cette nouvelle histoire de zombies lui faisait peur, alors il fallait nous attendre à des choses terribles.

Cette journée ne faisait qu'empirer…

# 3

—Maintenant que tu sais ce que nous affrontons là, je suis certaine que tu comprends que nous ne pouvons pas laisser Merlin seul avec cette chose plus longtemps.

Luna courut le long de la maison pour revenir à l'avant.

Je la suivis d'un pas hésitant. Un oiseau mort-vivant ne pouvait pas faire grand-chose tout seul, mais s'il y en avait toute une nuée ? Le chef-d'œuvre de Hitchcock n'a pas été l'un des films d'horreur les plus impérissables de tous les temps pour rien.

Quand j'entrai dans la maison, je découvris Luna qui tournait autour de Merlin en petits cercles inquiets afin de l'examiner de près.

— Es-tu certain qu'il n'a pas réussi à te griffer ?

Merlin gonfla son pelage avant de se secouer.

— Même si c'était le cas, je vais bien. Le sort de partage de vie ne peut pas être utilisé par l'intermédiaire d'un tiers. Si quelqu'un veut me transformer en zombie, il faudra le faire en face à face.

Luna laissa échapper un petit miaulement triste.

— C'est bien ce qui m'inquiète, mon cher.

Merlin frotta son visage contre celui de sa femme.

— Ne t'inquiète pas pour moi, mon amour. Continue à faire pousser nos enfants dans ton ventre et je m'occupe du reste.

Luna fronça les sourcils et agita la queue. Elle aimait Merlin, mais elle n'aimait pas du tout être exclue de nos aventures. Quand elle avait encore sa magie, elle avait été la plus puissante des deux chats sorciers, et de temps en temps elle semblait remettre en question le sacrifice qu'elle avait fait... qu'il s'agisse de combattre les fantômes ou d'inspecter les bruits étranges pendant la nuit.

— Luna m'a informée du côté magique des choses, dis-je en hochant la tête vers elle. Je pense comprendre tout cela, mais qu'est-il arrivé à l'oiseau ?

Merlin traversa la cuisine et s'assit à mes pieds.

— J'ai battu l'infâme monstre de la meilleure et plus agréable des façons.

Il marqua une pause en levant le nez avec une fierté évidente.

— Tu l'as...

— Je l'ai mangé! termina Merlin avec de grands yeux. En général, je n'aime pas la viande de magie noire, mais un repas est un repas. Et il fallait que je m'en débarrasse d'une façon ou d'une autre. Au moins, nous savons qu'il ne reviendra pas.

Je frissonnai en pensant à la carcasse mutilée s'éveillant dans l'estomac de mon chat. *Beurk, beurk, beurk.*

— Mais qui nous enverrait un zombie, et pourquoi? demanda Luna dont l'inquiétude se reflétait dans les yeux bleus écarquillés.

— Tu as sûrement remarqué que nous collectionnons les ennemis comme s'ils risquaient de se démoder, plaisanta Merlin. Il est vrai que tout a été inhabituellement calme ces dernières semaines.

— Une seconde. Nous devons poser ces questions à quelqu'un d'autre, murmurai-je avant de parcourir le couloir en tapant sur les murs. Je sais que tu es là-dedans! criai-je. Sors de là. Nous devons te parler!

Il ne fallut pas longtemps pour qu'un fantôme très fâché traverse le mur et me jette un regard glacial.

Si les regards pouvaient tuer... À vrai dire, je pense que notre fantôme espérait vraiment que son expression acerbe me tue, mais elle était complètement impuissante et liée à notre maison.

Virginia passait la plupart de son temps dans les murs, le seul véritable endroit où elle pouvait avoir la paix. Au début, elle s'était amusée à entrer et sortir des pièces en essayant de nous faire peur, mais moins nous réagissions à ces tentatives, plus elle avait volontairement commencé à disparaître en arrière-plan.

Malgré tout, l'ancienne sbire diabolique pouvait savoir quelque chose au sujet de notre nouvel ennemi maître des zombies. Et de toute façon, on ne perdait rien à le vérifier.

— Pourquoi avons-nous été attaqués par un zombie aujourd'hui? demandai-je pendant qu'elle flottait devant moi, presque transparente à cause de son absence d'énergie magique.

— C'était pour ça, tout ce raffut? demanda-t-elle. Et personne n'a pensé à me réveiller? J'adore vous voir prendre des coups de pied au derrière.

Clairement, Virginia était trop classe pour parler de culs.

Je levai les yeux au ciel. La moitié du temps, notre fantôme âgé m'évoquait une adolescente insolente... et c'était quand elle n'essayait pas de nous tuer d'une façon ou d'une autre. Je devais lui accorder ce mérite. Elle ne cédait pas facilement.

— Si j'avais su qu'un zombie allait venir, j'aurais fait mon possible pour l'aider, ajouta-t-elle en soupirant.

— C'est drôle, je suis à peu près certaine que tu ne parles pas l'oiseau, grogna Luna en s'accroupissant devant Virginia.

— Toi non plus, *ma chère*, reprit le fantôme en se moquant du tic de langage de son ancienne maîtresse.

— Tu nous as espionnés, rétorquai-je.

Ce n'était pas une question.

Virginia haussa les épaules.

— N'oublie pas que c'est à cause de toi que je ne peux pas quitter cet endroit misérable. Évidemment que je vous espionne. Le problème est que je n'ai personne à qui tout raconter.

Je me mordis la lèvre inférieure en hochant la tête. Virginia avait raison, bien sûr. Elle ne pouvait parler à personne en dehors des quatre murs de cette maison. En attendant, les chats et moi savions qu'il ne fallait pas laisser entrer des inconnus dans notre demeure.

Une chose était claire : notre fabricant de zombies ne travaillait pas avec notre fantôme. D'un côté, c'était une bonne nouvelle. Personne d'autre que Virginia n'avait un tel accès illimité à nos agissements.

Mais de l'autre?

Je ne savais pas du tout par où commencer à chercher.

Et il me semblait qu'il allait être bien plus difficile de battre des zombies sans savoir quand et où ils allaient apparaître. Enfin, nous avions au moins eu quelques semaines pour nous reposer. Un combat était assurément en train de se préparer, et d'après la confrontation de ce matin, nous n'allions pas pouvoir le gagner facilement.

# 4

evons-nous faire des recherches à Nocturna? demandai-je aux chats en faisant référence à la ville cachée qui n'était accessible que par un chaudron actif de sorcier... ou dans notre cas, par le bassin aux oiseaux dans le jardin où Merlin préparait aussi ses potions quand c'était nécessaire.

— Nous ne pouvons pas toujours courir directement à Nocturna. Il y a d'autres moyens de résoudre les choses, grogna mon chat.

Une de ses dents pointues dépassa sur sa lèvre inférieure, lui donnant un air irrité et pourtant comique.

— Dit celui qui est recherché par un certain chat Cal, le taquina Luna.

J'avais vite appris en traînant avec ces deux chats que les vies amoureuses des félins étaient encore plus compliquées que celles des humains. Ils avaient d'abord rompu pour pratiquer leur magie, puis ils étaient devenus ennemis jurés, s'étaient battus, s'étaient soudain remis ensemble, et maintenant des chatons étaient en route. Merlin avait également contrarié quelques-uns des autres prétendants de Luna qui pensaient qu'elle avait fait le mauvais choix. L'un d'entre eux avait même défié Merlin en duel magique, ce que le Maine coon avait bêtement accepté.

Retourner à Nocturna, c'était mettre en péril la magie de Merlin, car s'il se battait et perdait, il allait devoir passer l'éternité sans ses pouvoirs. Malheureusement, Luna et moi ne pouvions pas entrer dans Nocturna sans Merlin, car il était le seul sorcier actif. Et s'il perdait sa magie, nous allions non seulement être coincés hors de la ville de façon permanente, mais nous allions aussi être des cibles faciles de ce côté-ci du chaudron. L'entité surnaturelle qui nous pourchassait maintenant n'allait peut-être pas s'arrêter si nous perdions notre seule source de magie, même si nous étions complètement impuissants sans elle.

Et c'était ce qui rendait toute cette histoire si frustrante. Notre maître zombie manipulait littéralement la vie et la mort. Je préférais rester parmi les vivants, merci beaucoup.

Je me tordis les mains en regardant un chat, puis l'autre.

— Si nous n'allons pas à Nocturna, par où commencer? Faut-il essayer de capturer un des zombies afin de lui demander ce qu'il sait?

Virginia flotta plus près de moi et j'agitai la main comme s'il y avait une odeur nauséabonde que je pouvais chasser dans une autre direction.

Elle se contenta de rire et s'approcha encore davantage.

— Vous m'avez seulement battue par pure chance. Ne vous attendez pas à avoir autant de chance, cette fois. Il est impensable que des personnes aussi peu équipées que vous puissent se débarrasser du maître des morts-vivants. Bientôt, je ne serai pas le seul fantôme par ici, je vous le dis.

Le pelage de Luna se hérissa et elle donna un coup de patte en l'air.

— Va-t'en, peste! La seule personne faible ici, c'est toi. Tu as signé ton propre arrêt de mort quand tu as décidé de me trahir dans ta quête pour le pouvoir. Et tu ne peux le reprocher à personne d'autre que toi, et peut-être à cette horrible sorcière des illusions.

Merlin hocha la tête d'un air pensif, mais je voyais que quelque chose l'avait distrait.

— Nous pouvons capturer un zombie, oui, mais il ne sert à rien de le garder en vie… enfin, animé. Ils ne sont pas assez intelligents pour faire autre chose que poursuivre leur cible. Ils sont interchangeables. Les sbires parfaits, car ils ne vont pas se laisser distraire ni trahir leur créateur.

— Vous pensez vraiment avoir une chance, n'est-ce pas ? s'exclama Virginia en riant plus fort.

Merlin se retourna vers elle, la colère brillant dans ses yeux verts.

— Tais-toi, sinon je te mange aussi !

Virginia ouvrit la bouche pour dire quelque chose, mais Merlin continua à la fixer avec toute l'hostilité dont il était capable, c'est-à-dire beaucoup.

Elle poussa un soupir et flotta vers le bord de la pièce. Elle resta assez près de nous pour continuer à nous espionner, mais elle s'était au moins retirée de la conversation.

— Peut-il vraiment s'agir de Dash ? demandai-je aux deux chats. Il nous semblait assez évident qu'elle allait revenir nous défier. Est-ce ce qu'il se passe ?

— C'est une possibilité, ma chère, acquiesça Luna avant de se lécher la patte et de la frotter sur sa tête.

— Mais elle pourrait être n'importe où, fis-je

remarquer. Elle pourrait prendre l'apparence de n'importe qui ou n'importe quoi. Comment le saurons-nous quand nous l'aurons trouvée ?

La capacité de Dash à manipuler la perception des autres était ce qui lui avait permis de s'approcher de nous la première fois.

— Nous ne le saurons pas, affirma Merlin, impassible. En tout cas, pas au début. Mais je suis à peu près certain qu'elle nous veut en vie. Au moins assez longtemps pour qu'elle puisse exécuter les plans qu'elle a pour nous. Je dirais qu'il faut la laisser nous capturer, puis voir à partir de là.

— Mon chéri, souffla Luna en tapant de sa patte avant, ce qui nous surprit tous les deux. C'est incroyablement dangereux ! Pense aux chatons !

— Je pense aux chatons, raison pour laquelle il faut que tu restes ici.

Merlin lécha le front de Luna, puis il avança vers la porte et attendit tout en agitant impatiemment la queue.

— Allez, viens Gracie, ordonna-t-il d'un ton qui n'autorisait aucune objection. Plus vite nous commencerons, plus vite nous en finirons une bonne fois pour toutes.

Je ne voulais pas m'interposer dans leurs querelles, mais nous n'avions pas de meilleur plan pour démasquer notre dresseur de zombies et je ne pouvais pas supporter de rester sans rien faire en attendant qu'il ou elle frappe encore.

Je soupirai et je jetai un regard d'excuse à Luna en enfilant une paire de chaussures, avant d'attraper mes clés et de suivre Merlin à l'extérieur.

— Allons attraper un méchant, dis-je quand j'eus fermé la porte derrière nous.

— En réalité, rectifia Merlin avec un sourire satisfait, nous allons laisser le méchant nous attraper à la place.

Je hochai la tête et je suivis mon chat dans la rue sans savoir si notre plan improvisé allait fonctionner.

# 5

J e me baladai dans la rue en essayant de paraître nonchalante malgré l'énorme chat domestique qui avançait d'un pas déterminé à côté de moi.

— Que dois-je faire ? murmurai-je à Merlin quand je fus certaine que personne ne regardait dans notre direction.

— Agis... naturellement, dit-il en gardant la bouche fermée.

Nous tournâmes le coin de la rue et vîmes la vieille madame Harkness qui arrosait ses bégonias avec un sourire aimable sur le visage.

— Bonjour, Grace ! chantonna-t-elle. Et bonjour à ton petit compagnon poilu également.

J'agitai les doigts pour la saluer et j'affichai mon meilleur sourire.

— Oui, c'est une très belle matinée ! lui répondis-je.

— J'ai dit : *agis naturellement*, siffla Merlin d'en bas.

— Pardon, je n'ai pas entendu ? dit Mme Harkness en fronçant les sourcils avant de couper l'eau du tuyau d'arrosage et de cligner des yeux à cause du soleil.

— Oh, j'admirais j-j-juste la beauté naturelle de la journée ! dis-je en accélérant le pas avant qu'elle puisse découvrir qui avait vraiment parlé.

J'attendis que nous soyons un pâté de maisons plus loin avant de me remettre à parler.

— C'était moins une.

Je m'accroupis pour caresser la tête de Merlin et je continuai à parler à voix basse. Avec un peu de chance, les passants allaient juste penser que je m'extasiais devant mon animal domestique.

— Tu ne devrais pas parler quand nous sommes dehors. N'importe qui pourrait nous écouter.

Merlin me fit un clin d'œil et je me redressai, prête à continuer notre chemin.

Merlin poussa alors un hurlement terrible et donna un coup de ses pattes arrière.

Je me baissai pour le caresser, mais il chassa ma main.

— LU ! NA ! cria-t-il en miaulant.

Je regardai de l'autre côté du pâté de maisons, et j'aperçus effectivement une petite tache blanche à l'horizon. Je ne pensais pas avoir déjà vu Luna bouger si vite, mais j'étais certaine que c'était elle, surtout après la réaction mécontente de Merlin.

Quand elle nous rattrapa, elle posa son derrière par terre devant Merlin.

— Je t'ai dit de rester à la maison ! fulmina-t-il.

— Et je t'ai dit que je n'allais pas attendre sans rien faire, rétorqua-t-elle avec un chuchotement rauque.

— Et je vous ai dit que nous ne devions pas parler quand nous étions dehors, là où tout le monde pourrait nous entendre.

— Tu ne m'as pas dit ça, ma chère, bouda Luna. Vous voyez, je rate déjà des choses. Je refuse d'être exclue de nos aventures juste parce que je suis sur le point de devenir maman. Nous travaillons le mieux en équipe. Vous avez besoin de moi.

— D'accord, mais sérieusement, cessez de parler en public ! sifflai-je alors qu'un monospace cabossé passait devant nous.

Le conducteur me dévisagea comme si j'étais une espèce de folle, et il avait absolument raison.

Quand il disparut, Luna laissa échapper un miaulement aigu et elle se frotta le visage contre ma main... pour signaler son accord, supposai-je. Eh bien, il y en avait au moins un des deux qui voyait les choses comme moi. Et Luna avait raison, elle aussi. Elle avait fait partie intégrante de nos aventures jusque-là, et nous n'aurions jamais survécu sans son aide.

Merlin nous fixa tous les deux avec de grands yeux verts écarquillés, agitant la queue d'un air mécontent. Il ne dit rien, cependant, alors je supposai qu'il acceptait de se taire pendant un moment.

— Je ne sais pas du tout où je vais, avouai-je tout bas en m'accroupissant une fois de plus. L'un d'entre vous peut-il passer devant ?

Luna miaula et trottina devant nous, se retournant un instant pour vérifier que nous la suivions.

Merlin émit un petit grognement, mais il suivit le mouvement. Il détestait ne pas être aux commandes, ce qui n'arrivait pas très souvent.

Luna avançait bien plus vite que mon rythme normal, et au bout de quelques pâtés de maisons supplémentaires, je respirais fort et la sueur commençait à perler sur mon front.

— Ça ne fonctionne pas, me plaignis-je. Personne ne fait attention à nous.

Merlin ouvrit la bouche, prêt à m'attaquer avec «je te l'avais bien dit» ou «ça t'apprendra à essayer de me faire taire».

— Oh, je ne dirais pas personne, répondit une voix suave depuis un buisson d'azalées avant que Merlin puisse donner son avis.

Il avait parlé en collant tous les mots sans aucune respiration entre eux, créant un bruit effrayant évoquant un serpent. Malgré tout, même si je ne parvins pas tout de suite à la reconnaître, je savais que j'avais déjà entendu cette voix. Comment pouvais-je oublier quelque chose d'aussi typique?

Luna fonça dans le buisson pendant que Merlin restait en retrait sur le trottoir avec moi. Des voix félines chuchotèrent et quelques instants plus tard, Luna sortit sa petite tête blanche des fourrés et fit signe à Merlin et moi de nous approcher.

J'espérais vraiment que le propriétaire de cette azalée ne débarque pas bientôt, car je ne savais pas du tout comment expliquer la situation. Merlin entra facilement dans le buisson, mais il me fallut ramper sur les pieds et les mains et approcher mon visage de la terre pour voir à travers le méli-mélo de feuilles et de branches.

Trois paires d'yeux brillants me regardèrent : des bleus, des verts et des jaunes. Quant au nouvel arrivant, je ne vis rien de plus que ses yeux lumineux, mais cela me suffit à le reconnaître.

Monsieur Grosmatou était arrivé.

Ce qui signifiait que nous avions vraiment un problème sur les bras.

# 6

’ai été appelé pour enquêter sur une perturbation dans la zone, expliqua le chat noir.

La première fois que nous avions rencontré Grosmatou, c’était quand Merlin avait invoqué la foudre dans notre maison et fait un trou à travers le toit. Je n’avais pas l’argent pour le réparer, et Merlin ne disposait pas du bon type de magie, alors Luna et lui s’étaient téléportés dans différents quartiers de Géorgie du Sud jusqu’à trouver Monsieur Grosmatou.

La magie était différente de celle de Merlin ou de l’ancienne de Luna. Au lieu d’être lié à un élément particulier de la nature, Grosmatou exerçait une sorte de magie spéciale générée par le noyau de la Terre et avec ça, il pouvait faire presque tout ce qu’il voulait.

Il utilisait ses capacités d'élite pour gérer une équipe de divers êtres paranormaux dans la ville assez proche de Beech Grove. Même si elle était petite, Beech Grove servait de plate-forme magique pour cette région de l'État, ce qui faisait du petit chat noir accroupi devant nous l'être magique le plus puissant sur des kilomètres. S'il avait été appelé en personne pour enquêter sur une perturbation, cela signifiait qu'il se passait quelque chose de gros.

Je me mordis la lèvre inférieure en essayant d'empêcher toutes les questions que je voulais poser de se déverser les unes après les autres.

Comme je l'avais appris au mariage de Merlin et Luna, Grosmatou aimait la cérémonie et les précédents. Il voulait que les choses soient faites d'une certaine façon… non, il *l'exigeait*. Et en ce qui concernait la hiérarchie magique, mon chat était bien au-dessus de moi.

Effectivement, Merlin prit la tête de notre côté de la conversation en levant le nez pour montrer que l'autre chat ne l'intimidait pas, même si ce n'était sans doute pas vrai.

— Cette perturbation est-elle liée à des zombies ?

Grosmatou inclina la tête sur le côté et ses yeux semblèrent flotter dans l'obscurité.

— Des zombies, non. Rien d'aussi terrible.

— Eh bien…

Merlin se balança d'une patte sur l'autre avant de continuer.

— Je te signale que nous avons été attaqués par un rouge-gorge zombie ce matin et nous avons des raisons de croire qu'il y en aura d'autres.

— D'autres ? Êtes-vous certains que ce n'était pas un cas isolé ? Un nouveau pratiquant de la magie s'entraînant au sort de partage de vie et accidentellement transféré à la mauvaise entité ?

— Nous en sommes certains, répondit Luna d'un air sombre.

— Eh bien, puisque je suis déjà là, avez-vous besoin de mon aide ? proposa Grosmatou. C'est le moins que je puisse faire pendant que je cherche ma cible.

— Qui est ta cible ? demandai-je, incapable de retenir ma curiosité.

Grosmatou poussa un soupir de lassitude :

— C'est très malheureux. Un jeune vampire sévit dans votre ville. Il court le risque d'exposer toutes les espèces magiques aux humains à cause de son imprudence.

— Je n'ai rien remarqué d'inhabituel, dis-je en haussant les épaules. Ce n'est peut-être pas aussi terrible que tu le penses.

— Nous avons eu de la chance jusqu'ici, mais s'il n'est pas bientôt maîtrisé, nous aurons un vrai problème sur les bras.

Il marqua une pause et se détourna de moi, redirigeant son attention vers l'individu de plus haut rang.

— Merlin, as-tu besoin de mon aide pour gérer des zombies?

Mon chat renifla l'air ambiant et secoua la tête.

— Merci, mais non. Nous sommes tout à fait capables de gérer…

— *CHII TII TIII YAAAAAH!*

Un cri bruyant déchira le silence. Je n'avais encore jamais rien entendu de pareil. Peu de temps après, un petit projectile traversa le buisson et atterrit devant nous.

Il se leva sur deux pattes, réduisant habilement la force de l'impact en se secouant, puis il se tourna vers Merlin avec des yeux sombres et brillants d'assassin.

— CHYAHHHHHH! hurla-t-il encore en se jetant au visage du Maine coon.

Merlin recula en trébuchant, mais son assaillant s'accrocha à ses moustaches et refusa de tomber.

Luna et Grosmatou passèrent à l'action. Luna se jeta sur l'envahisseur, donnant des coups de griffe en cherchant à défendre son conjoint.

Monsieur Grosmatou invoqua un tentacule tourbillonnant de magie rose et il s'en servit comme d'un lasso pour attraper la créature et l'écarter de Merlin. Quand elle fut capturée, il s'approcha pour l'examiner de plus près.

La petite chose siffla et grogna, cherchant désespérément à se libérer. Quand Grosmatou ne la lâcha pas, la créature commença à ronger sa propre épaule.

C'est alors que je sus ce qu'était cette créature : un écureuil. Au moment où je compris cela, l'écureuil attaquant s'arracha le bras et quitta l'emprise magique de Grosmatou, surpris.

Il bondit hors du buisson et cria encore.

— *TCHI-TCHI-TCHIIIIIYA !*

Monsieur Grosmatou tourna sur lui-même, puis il envoya une salve de magie en l'air. Elle explosa autour de nous et je me couvris la tête avec les mains pour me protéger.

— Personne dans un rayon d'un pâté de maisons ne pourra nous voir ou nous entendre, mais nous devons vite nous débarrasser de cette ignoble créature ! cria-t-il.

Et là-dessus, les trois chats bondirent hors du buisson, prêts à se battre comme des fous.

# 7

l plut soudain des écureuils, une véritable armée descendant du ciel... ou en tout cas d'une branche d'arbre tout près. Puisque j'étais coincée à quatre pattes avec la tête dans un buisson, j'étais complètement à leur merci.

De minuscules mains griffues égratignèrent mon dos et — oh — comme c'était douloureux ! Je reculai hors de l'azalée aussi vite que possible et je me levai péniblement, mais les minuscules démons restèrent bien accrochés.

Merlin, Luna et monsieur Grosmatou chargèrent enfin et se jetèrent sur les écureuils qui s'étaient attachés à moi.

Il en arrivait toujours plus, cependant. Des

écureuils noirs, gris, marron, même roux, tous avec des yeux fous, tous bien décidés à nous déchiqueter.

Et franchement, je ne savais pas comment me battre contre ça. Et je n'en avais pas envie. J'avais toujours aimé observer les écureuils enjoués venant grignoter des graines à la mangeoire aux oiseaux de notre jardin.

Bien que tout aussi agiles, ces écureuils étaient très différents. Instables. Étant donné le spectacle que nous avait offert le premier, j'étais prête à parier qu'il était aussi mort-vivant. Apparemment, notre maître des zombies nous avait trouvés, ce qui signifiait que le plan avait fonctionné. Avec le recul, c'était un très mauvais plan.

Une autre inquiétude me vint à l'esprit. Les écureuils morts-vivants pouvaient-ils encore transmettre la rage? J'allais devoir ajouter une visite à l'hôpital à ma longue liste de choses à faire si nous arrivions à survivre à cette bataille hallucinante.

Un des petits monstres aux dents proéminentes les plongea dans mon cou et je rugis de douleur. C'était bien fait pour moi, puisque j'étais perdue dans mes pensées alors que j'aurais dû être présente à ce qu'il se passait.

Je venais juste de me débarrasser du dernier

écureuil quand un autre m'attaqua et qu'un gland heurta violemment le côté de ma tête.

*Qu'est-ce que... ?* Je me tournai brusquement quand une demi-douzaine d'autres noix et divers projectiles me frappèrent au visage.

*Oh, ça dépassait les bornes !*

C'en était fini de mes inhibitions pour ne pas faire mal aux petits animaux mignons. Ils étaient déjà plus ou moins morts de toute façon, et si je ne me défendais pas, un des chats ou moi risquions de les suivre dans la tombe.

Miss Gracie Springs ne se laissait pas marcher sur les pieds, non mais !

Je commençai à taper des pieds en essayant d'écraser les petits monstres sous mes semelles. Cependant, ça ne suffit pas à les immobiliser. Les bêtes aplaties s'animaient à nouveau en ondulant sur leur ventre pour accomplir leur vengeance.

— Il y en a trop ! cria Merlin. Je ne peux pas tous les manger !

La magnifique fourrure blanche de Luna était tachée de sang pendant qu'elle continuait à mordre et griffer et sauter. Même Grosmatou semblait mal en point tandis qu'il maniait sa magie comme un fouet pour maintenir la horde des morts-vivants à distance.

Un moteur vrombit quelque part hors de notre

vue. Je tournai la tête vers le bruit et l'un des combattants profita de l'occasion pour grimper le long de
mon flanc et se poser en haut de ma tête.

Je poussai un cri en levant les mains, cherchant
désespérément à déloger la chose avant qu'elle puisse
me mordre et éventuellement me laisser une cicatrice
permanente et visible.

Le moteur devint de plus en plus bruyant à
mesure que le véhicule s'approchait. Le chauffeur
allait nous voir en pleine bataille : une femme et des
chats contre des écureuils enragés et déformés.
Comment étais-je censée expliquer ça ?

Mais non ! Monsieur Grosmatou avait lancé une
sorte de bouclier. Notre secret était en sécurité, mais
l'étions-nous ? Nous n'étions que quatre et le maître
des zombies semblait disposer d'une armée infinie
d'écureuils. Étions-nous certains qu'il s'agissait bien
de Dash ? Que notre adversaire nous voulait vivants ?

*Vroum, vroum.* Le moteur bruyant s'approcha de
plus en plus avant de tourner brusquement et de
révéler une moto et son conducteur casqué.

Un deuxième écureuil grimpa sur ma tête et tira
sur ma queue de cheval. Je jetai un coup d'œil vers
Merlin, mais il était maintenant coincé au sol comme
Gulliver se réveillant sur l'île remplie de Lilliputiens.
Il fallait deux douzaines des petites créatures pour le

maintenir à terre, mais elles avaient réussi à le maîtriser en travaillant ensemble.

La moto vrombit et accéléra.

Je tournai la tête vers le bruit, la regardant avec horreur grimper sur le trottoir en se dirigeant tout droit vers nous sans montrer aucun signe de ralentissement.

Nous étions peut-être protégés des yeux et des oreilles curieuses par le bouclier de Grosmatou, mais ça n'allait pas empêcher la moto de s'écraser contre nous. Le conducteur ne savait même pas qu'il était en danger.

C'était fini. Si la moto ne me tuait pas, les écureuils zombies allaient s'en charger.

Oh, parmi toutes les morts possibles, il fallait que ce soit celle-là !

# 8

La moto fit une embardée sur le côté, me ratant de justesse tout en éliminant quelques-uns des combattants écureuils. Ses épais pneus en caoutchouc écrasèrent leurs petits corps dans le ciment. Malgré tout, les zombies poilus tressaillirent et tentèrent de s'extirper du sol.

La moto fit marche arrière, puis elle s'arrêta à quelques pas de moi. Le conducteur souleva sa visière, révélant ainsi les traits de mon collègue barista et plus ou moins ami, Drake.

— Attrape les chats et monte, cria-t-il avant de laisser retomber sa visière.

Eh bien, inutile de me le dire deux fois et encore moins de le répéter aux chats. Nous nous entassâmes sur la moto alors que les écureuils restants sautaient sur nous et nous bombardaient de glands.

Je me demandai brièvement comment Drake avait réussi à nous apercevoir malgré la barrière de protection, mais j'étais à la fois trop surprise et trop reconnaissante pour remettre cette chance en question. En outre, la magie était bizarre quand il s'agissait de Drake. Ce n'était pas la première fois qu'il avait pu faire ce dont les autres étaient incapables.

— Accrochez-vous !

Drake fit vrombir le moteur et la moto fonça.

Les écureuils restants crièrent et piaillèrent, nous poursuivant incroyablement vite.

Nous étions vraiment sortis de la bulle de protection maintenant, ce qui signifiait que les êtres magiques et non magiques allaient voir notre départ en panique ainsi que la foule d'animaux fâchés qui nous poursuivaient.

Drake accéléra, roulant au moins au double de la limite légale de vitesse... c'est du moins l'impression que j'en eus à cause de mon manque de pratique.

Merlin et Luna enfoncèrent tous deux leurs griffes dans ma peau lorsque nous tournâmes brusquement.

Monsieur Grosmatou produisit une espèce de magie rose tourbillonnante qui, tout en étant à peine visible, le collait fermement sur la moto. J'aurais aimé qu'il prenne le temps d'aider mes chats, mais non.

Mes pauvres cuisses !

Nous filâmes devant la maison et je retirai une de mes mains de la taille de Drake pour serrer son épaule.

— N'allons-nous pas nous arrêter ?

— Hors de question ! cria-t-il, la voix à peine audible par-dessus le bruit du moteur et du vent. Ces petites pestes avaient l'air d'être sérieuses. Je vous en éloigne autant que possible.

Du moins, c'est ce que je pense qu'il a dit.

Nous roulâmes avec pour seule compagnie les bruits du moteur et du vent qui filait. Au bout de vingt minutes, on finit par s'arrêter devant un joli pavillon en bordure de la ville.

— Bienvenue à *mi casa,* annonça Drake en garant la moto dans l'allée à côté d'un Segway.

— Merci, marmonnai-je, à bout de souffle.

J'avais l'impression que le monde défilait encore à côté de moi, alors que j'avais remis les pieds sur le trottoir solide.

Drake leva son casque et révéla une masse de cheveux coiffée en piques dures avec du gel.

— Je suis content de ne pas avoir raté ce combat.

Des écureuils zombies? Qui aurait pu croire qu'une telle chose existait? Je veux dire, je l'ai espéré, mais...

— Une seconde, comment savais-tu que c'étaient des zombies? demandai-je, bouche bée.

Il se pencha pour vérifier l'état de ses cheveux dans l'un des rétroviseurs de la moto et se fit un clin d'œil.

— Oh, tu me connais. Je sais un peu de choses sur beaucoup de choses. Cela inclut les zombies. Et leur regard vide était révélateur à mort.

— *À mort-vivant*, murmurai-je, incapable d'arrêter le petit sourire qui passa sur mes lèvres.

On pouvait compter sur Drake pour apporter une légèreté caractéristique à n'importe quelle situation.

— Pourquoi t'attaquaient-ils, au fait? demanda-t-il avec un regard inquisiteur, reportant toute son attention sur moi maintenant qu'il savait que ses cheveux avaient l'état souhaité.

— Euh... commençai-je avant de m'arrêter immédiatement.

Parce que sérieusement, comment pouvais-je expliquer cela? Plus tôt, il avait vu le fantôme de Virginia et découvert que mes chats étaient magiques et qu'ils savaient parler, mais nous lui avions administré une potion spéciale pour effacer ses souvenirs et couvrir nos traces. Malgré tous nos efforts, cependant, il refusait d'attribuer toutes les choses étranges qui avaient eu lieu ce soir-là à un rêve un peu fou. Il savait qu'il se passait quelque chose, ce qui impliquait qu'il nous fallait faire très attention.

Mais comment pouvais-je expliquer une horde d'écureuils meurtriers ?

Monsieur Grosmatou me sauva d'une explication en sautant de la moto et en se plaçant devant Drake.

— Tiens, tiens, précisément l'homme que je cherchais, dit-il avec un sourire mécontent.

— Que se passe-t-il, petit homme chat ? demanda Drake en riant pendant qu'il nous faisait traverser son garage pour entrer dans la maison.

Grosmatou garda la queue basse et pliée au bout.

— Je suis ici pour t'enregistrer auprès du comité surnaturel local. Il semblerait que tu as créé quelques problèmes pendant tes balades nocturnes.

Drake s'arrêta juste après la porte et fixa le chat noir autoritaire en plissant les yeux.

— Pardon ?

Grosmatou le suivit et sauta sur le comptoir, refusant de rompre le contact visuel avec Drake.

— Es-tu enregistré ? Sinon, je dois t'emmener tout de suite.

Luna, Merlin et moi restâmes juste à l'extérieur de la porte, regardant avec de grands yeux la scène qui se déroulait. Je pense que nous avons compris ce qu'il se passait avant Drake.

— Pourquoi aurais-je besoin de m'enregistrer? demanda-t-il avec un gloussement nerveux. Tu as dit que c'était pour un comité surnaturel? C'est super et tout, alors, pas de problème, je veux bien m'enregistrer, mais je ne suis pas surnaturel.

Monsieur Grosmatou soupira.

— S'il te plaît, ne me dis pas que tu ne sais même pas ce que tu es.

Drake enfonça les mains dans ses poches et se balança sur les talons.

— Je suis juste un type plus ou moins normal qui vit de son fonds fiduciaire et qui essaie de s'occuper.

Le chat patron rit sèchement.

— Un type normal? Loin de là.

Tous les yeux étaient rivés sur monsieur Grosmatou. Personne ne parla. Nous attendions tous de voir si Drake allait comprendre tout seul.

Quelle révélation. J'avais toujours su qu'il y avait quelque chose de bizarre chez Drake, mais ça?

Mon ami secoua la tête et croisa les bras sur son torse.

— Pardon, je ne comprends pas.

Grosmatou secoua la tête et soupira. Quand il leva

à nouveau les yeux, il parla lentement, comme pour un imbécile.

Si Drake était vexé, il ne le montra pas.

— Tu es une créature surnaturelle et tu dois t'enregistrer auprès du comité.

— Ah oui?

Tout le monde hocha la tête.

— Et quel genre de créature surnaturelle suis-je, monsieur Petit Minou?

— Un vampire, grogna Grosmatou. Et que je ne t'entende plus jamais m'appeler monsieur Petit Minou.

# 9

**D**rake fit un pas en arrière et s'appuya contre le mur.

— Non, dit-il en secouant la tête. Ce n'est pas possible. Je pense que je le saurais si j'étais un vampire.

Je jetai un coup d'œil vers Merlin qui leva les yeux au ciel.

Au moins, Luna manifestait un peu de compassion, mais elle ne prononça pas un mot.

— Tout va bien, Drake. Vraiment. Tu es toujours toi, affirmai-je avec un petit sourire.

Drake gémit en secouant la tête.

— Non. Ce n'est pas ce que je suis. C'est impossible.

Monsieur Grosmatou leva une patte et tendit une griffe.

— On dirait bien que je dois te convaincre, alors voilà. Commençons par les choses faciles. Est-ce qu'il t'arrive de savoir quelque chose alors que tu ne le devrais pas? Comme des souvenirs de choses qui n'ont pas réellement eu lieu?

Drake hocha la tête en silence et Grosmatou leva une deuxième griffe.

— Est-ce qu'il t'arrive parfois de te réveiller quelque part sans savoir comment tu y es arrivé? insista-t-il davantage.

Drake hocha encore la tête.

Grosmatou ajouta une troisième griffe à son poing poilu.

— As-tu un désir insatiable de richesses et de savoirs?

Drake ne dit rien.

— Tu sais un peu de choses sur beaucoup de choses, dis-je en le citant. Et tu vis de ton fonds fiduciaire.

Tout le visage de Drake semblait s'être vidé de sa couleur, lui donnant une apparence bien plus vampirique qu'avant. Franchement, je ne l'avais encore jamais vu si perturbé, pas même quand le fantôme de Virginia essayait activement de nous assassiner. Je regardai maintenant ses mains tapoter le mur sans trouver une prise.

Quand il parla à nouveau, sa voix était brisée et aiguë.

— M-m-mais je ne bois pas de sang. Je ne ferais jamais une telle chose !

Les griffes de Grosmatou se rétractèrent et il posa la patte sur le carrelage.

— Ai-je dit quoi que ce soit sur le fait de boire du sang ? gronda-t-il.

Il se tourna alors vers moi d'un air agacé.

— Vous autres les humains et vos histoires stupides. Vous avez fait régresser les vampires de centaines d'années à cause de vos soi-disant divertissements. Il y a des centaines d'années qu'ils ne boivent plus de sang. Ça fait des lustres !

— Je suis d-d-désolée, murmurai-je, davantage comme une question qu'une déclaration.

Pourquoi m'en voulait-il pour ça, alors que j'étais la seule ici qui essayait de l'aider ?

— Normalement, les nouveaux vampires ne sont pas laissés seuls. Quelque chose a dû mal se passer lors de ta transformation.

Le chat noir cligna lentement des paupières en surveillant la réaction du vampire nouvellement révélé.

La voix de Drake était toujours aiguë comme un préadolescent lorsqu'il parla à toute vitesse.

— Je ne suis donc pas né vampire? Mon père et ma mère ne sont pas...

— Mon Dieu, non, personne ne naît vampire. Comme c'est ridicule!

C'était maintenant au tour de monsieur Grosmatou de lever les yeux au ciel. Les chats n'étaient pas des créatures très patientes, comme je l'avais appris dès le début de mon emploi en tant que familier.

Drake ne savait rien de tout cela. Même si mes histoires magiques ne le gênaient pas, ceci était différent. Il venait de découvrir qu'il était un monstre, et un monstre qui avait accidentellement causé le chaos.

Il se laissa glisser au sol en serrant la tête entre ses mains.

— Je suis mort, murmura-t-il. Je suis carrément mort.

— Eh bien, techniquement, tu es mort-vivant, clarifia Grosmatou en levant le nez.

— Comme les écureuils, ajouta Merlin en riant.

Luna lui jeta un regard irrité.

— Sois gentil avec lui, mon cher. Ne vois-tu pas comme il est bouleversé?

Grosmatou avait commencé à rire, lui aussi, mais il parvint à se calmer rapidement.

— Si c'est un ami à toi, comment as-tu fait pour ne pas comprendre ce qu'il était? me demanda-t-il.

— C'est une bonne question, dis-je en tournant la tête vers Merlin.

Il gonfla les poils, sur la défensive.

— Quoi? Je ne peux pas tout savoir sur tout, d'accord? Je savais qu'il y avait quelque chose de bizarre avec ce type, mais la plupart des vampires sont fiers de l'être et de le dire : comment étais-je censé savoir ce qu'il était alors qu'il l'ignorait lui-même?

Eh bien, il n'avait pas tort sur ce point.

Luna se frotta contre Merlin en ronronnant jusqu'à ce qu'il se dégonfle.

— Calme-toi.

— Vous trois, vous allez être capables de rentrer à la maison sans moi, n'est-ce pas? demanda le chat patron à Merlin, avant d'avancer vers Drake qui sanglotait doucement. Tu dois m'accompagner.

Il continua à pleurer sans tenir compte de Grosmatou ou de nous autres. De mon côté, je ne savais pas exactement ce que monsieur Grosmatou faisait dans la vie, mais j'étais sûre qu'il n'avait pas l'habitude des refus. Et je savais également qu'il était peu probable de le voir abandonner maintenant.

Effectivement, le chat noir tendit la patte et tapota le bras de Drake.

— As-tu entendu, vampire ? Il faut que tu...

— Ce serait peut-être bien d'être plus délicat avec lui ? suggérai-je. Et puisque tu es là, peux-tu nous aider avec notre problème de zombies ? Tu nous l'as proposé plus tôt. Faisons une pause avec les vampires et parlons zombies. Ça te va ?

Il secoua la tête.

— C'était avant de trouver le responsable. Comme vous pouvez le voir, j'ai obtenu ce que je cherchais et il me faut maintenant retourner à Beech Grove. De nombreuses affaires pressantes nous attendent là-bas.

— Tu plaisantes ? intervint Luna.

Ça ne lui ressemblait pas de passer à l'offensive de cette façon, mais elle avait apparemment été poussée dans ses retranchements.

— Tu es le diplomate de toute cette région, et une invasion zombie ne t'inquiète pas du tout ?

— Il était très clair qu'ils vous attaquaient, et seulement vous. Ce n'est donc pas un problème prioritaire. Celui-ci, en revanche...

Il hocha la tête en direction de Drake.

— Il a causé des problèmes dans toutes les Peach Plains. Nous devons le maîtriser, et tout de suite, ou bien prendre le risque d'exposer notre peuple.

— Alors quoi? Tu vas simplement nous laisser mourir aux mains de ce maître zombie crapuleux? explosai-je en regardant le chat avec toute l'hostilité dont j'étais capable.

— Voilà ce que je vous propose, soupira Grosmatou. Envoyez-nous votre requête à l'écrit et le comité vous répondra en cinq à dix jours ouvrés.

Je hochai la tête en silence. C'était la seule façon de m'empêcher de hurler contre ce crétin inutile.

Grosmatou donna encore un coup de patte à Drake et se racla la gorge.

— Maintenant, tu m'accompagnes, ou quoi?

Drake sanglota et gémit, mais ne répondit pas.

— Très bien. Ce sera donc la manière forte, grogna Grosmatou, puis Drake et lui disparurent dans un tourbillon de magie rose étincelante.

# 10

N'ayant pas été emportés par la magie de téléportation de Grosmatou, nous sortîmes tous les trois dans le jardin de Drake. Merlin cligna alors deux fois des paupières pour nous ramener chez nous. Il était toujours plus facile pour lui de naviguer dehors plutôt que depuis l'intérieur d'un endroit qui ne lui était pas familier.

— Eh bien, ça ne nous a vraiment servi à rien, grommela le Maine coon avant d'aller boire à son bol d'eau.

— C'était un bon plan, mon cher. Vraiment, l'encouragea Luna. Mais Drake nous a sauvés avant que notre maître zombie puisse nous capturer.

— Je suis très fâché contre toi, annonça Merlin à

sa femme après avoir léché quelques gouttelettes d'eau de ses lèvres.

Elle leva brusquement la queue, puis la plia en avant.

— Ne le sois pas. Je vais bien.

La queue de Merlin se réorganisa immédiatement dans la même position.

— J'ai dit que ça allait être dangereux et que tu devais rester en retrait, mais tu as refusé d'écouter. Regarde ce qui est arrivé ! Tu aurais pu être blessée. Un des chatons aurait pu être blessé !

— Je ne suis pas une fleur délicate et je ne suis pas une enfant, siffla Luna en se tenant très droite, refusant de céder.

— Ah bon, tu penses...

— Ça suffit ! les interrompis-je. Nous sommes tous du même côté. Si nous nous disputons, nous n'avons aucune chance. Nous ne savons déjà pas du tout ce que nous faisons. Ne rendons pas cette situation encore plus difficile.

Luna se détendit un peu et baissa la tête comme pour s'excuser.

— Tu as raison, ma chère. Bien sûr, tu as raison.

Même si Merlin était techniquement mon patron, je décidai de gérer la situation. C'était le seul moyen d'avancer.

— Merlin, je sais que tu veux seulement faire en sorte que ta famille soit en sécurité, mais tu dois laisser Luna décider elle-même ce que cela implique. Tu sais qu'elle ne va pas volontairement mettre les chatons ou elle-même en danger. Elle est intelligente et forte, et nous avons besoin de son aide si elle veut bien nous la donner.

Aucun des chats ne dit mot, mais au moins ils ne contredirent pas mon affirmation.

Après quelques instants de silence tendu, je continuai :

— D'accord, notre premier plan n'était pas vraiment une réussite, alors je crois qu'il est temps d'en faire un autre. Je sais que nous sommes *chatsona non grata* à Nocturna, Merlin, mais je crois vraiment que c'est là que nous devons nous rendre. Nous pensons que notre maître zombie est peut-être Dash, et nous savons que Dash s'intéresse à nos lignées.

Merlin restait encore tout rigide, mais il avait baissé la queue dans une position moins hostile.

— Nous avons déjà rencontré le sorcier de sang. Nous savons exactement qui nous sommes et comment nous sommes liés.

Quand je secouai la tête pour le contredire, sa queue remonta pour former ce méchant crochet en avant.

Je soupirai. Pourquoi est-ce que tout devait être une bataille pour la domination? Je voulais simplement comprendre cette histoire de zombies avant que nous soyons encore attaqués. Si nous pouvions éviter ça, j'allais être très heureuse.

Malgré tout, je continuai prudemment.

— Il est évident que nous avons raté quelque chose. Je pense que nous devrions y retourner et voir si nous pouvons découvrir ce que c'est.

Luna étira ses pattes arrière en s'avançant vers moi.

— Et avant que tu dises quoi que ce soit, je vous accompagne aussi.

— Personne ne peut y aller si je refuse de vous y conduire, fit remarquer Merlin avec un grognement peu convaincant.

Il avait déjà commencé à faire dégonfler ses poils.

— C'est donc une bonne chose que tu ne refuses pas, dis-je avec un sourire espiègle.

— Et qu'en est-il de Cal et de ses sbires? demanda Merlin. Ils me cherchent sans doute encore pour terminer notre duel.

Plus d'un mois s'était écoulé depuis cette rencontre, mais je savais très bien que les chats étaient capables d'être rancuniers plus longtemps.

— Ne peux-tu pas utiliser ta magie pour changer ton apparence? suggérai-je en haussant les épaules.

— Je suis un sorcier du ciel et tu le sais. Les illusions ne font pas partie de mes capacités.

Il bâilla et tomba théâtralement sur le côté.

— Je peux te faire un relooking, si tu veux? proposai-je.

— Certainement pas.

Merlin se leva d'un bond et partit de l'autre côté du couloir.

— Où vas-tu? criai-je.

— Le portail pour Nocturna ne s'ouvre pas avant le coucher du soleil. Je vais faire une sieste, marmonna-t-il pour toute réponse.

Luna bâilla également.

— C'est une bonne idée, dit-elle avant de passer par la chatière pour se rendre dans son endroit préféré du jardin derrière la maison.

Il ne restait plus que moi, seule dans la cuisine.

Je pouvais travailler un peu sur mon mémoire de maîtrise, tirer quelque chose de constructif de cette journée.

— Je vois que tu es encore en vie et en bonne santé. Comme c'est dommage pour moi, râla une Virginia fantomatique en traversant le mur et en venant planer devant moi.

Oui, mais non. Je n'allais pas la supporter si je pouvais l'éviter.

J'attrapai mes clés et je quittai vite la maison.

Je ne savais pas du tout où j'allais, mais avec un peu de chance, j'aurais au moins quelques heures de tranquillité avant de plonger encore plus profondément dans cette aventure de zombies.

# 11

a vie était bien triste si l'on considère que le seul endroit auquel je pensai était mon lieu de travail, la Maison du Café de Harold. Non, je ne devais pas travailler ce jour-là. Oui, ma vie sociale était sans doute tombée au fond du trou.

En réalité, je n'avais pas pris le temps d'apprendre à connaître beaucoup de gens depuis que j'avais emménagé à Elderberry Heights. Toute ma famille était à la maison dans le Michigan, en dehors de grand-mère Grace qui avait déménagé dans les Keys de Floride. J'avais quitté mes amis dans ma vieille ville universitaire, et tous mes nouveaux voisins avaient bien quarante années d'avance sur moi.

Ma patronne Kelley était cependant devenue une

bonne amie au cours des deux derniers mois. Je l'avais soutenue pendant la mort de son père et l'enquête pour meurtre consécutive, et j'étais restée à ses côtés quand elle avait changé l'image de la Maison du Café de Harold pour servir en permanence des lattes aux épices et potiron.

Elle sortait également avec Drake, ce qui faisait d'elle la personne parfaite pour récupérer des informations sur lui et les problèmes nocturnes dont monsieur Grosmatou avait parlé.

D'après ce que je savais, Kelley était à cent pour cent une humaine certifiée. Mais j'avais également cru ça de Drake.

Comment savoir quoi que ce soit?

— Salut. Que puis-je t'offrir? chantonna Kelley dès que j'entrai dans le café.

— Juste un thé chaud. Merci.

Je n'avais jamais été une grande buveuse de thé, mais récemment, j'étais devenue très anti-épices-potiron. Il ne faut pas abuser des bonnes choses. Il était plus facile de faire comme si je ne voulais pas de café plutôt que de blesser Kelley. Car si je refusais d'accepter sa proposition d'une boisson gratuite, elle allait me servir la nouvelle décoction qu'elle testait pour les clients. Ce qui expliquait ma demande de thé chaud malgré le beau temps.

— Comment s'est passée la journée? demandai-je quand elle fit glisser sur le comptoir une tasse d'eau presque bouillante.

J'attrapai nonchalamment un sachet de thé à l'hibiscus dans le présentoir et je le plongeai dans la tasse.

— Bien remplie, comme d'habitude, répondit-elle avec un grand sourire.

— Hé, as-tu eu des nouvelles de Drake?

*Bien joué, Gracie!* C'était vraiment un miracle que j'aie réussi à survivre à toutes mes mésaventures récentes, étant donné mon manque de sens du relationnel. D'un autre côté, dernièrement je m'occupais surtout de chats et d'autres espèces surnaturelles.

Kelley secoua la tête.

— Depuis ce matin quand nous nous sommes envoyé un texto pour dire bonjour. Pourquoi? Il se passe quelque chose?

— Oh, oui. Je veux dire, non. Tout va bien! m'empressai-je de la rassurer en versant deux sachets de sucre dans ma tasse et en attrapant une touillette.

Je gardai les lèvres pincées en préparant ma boisson. Pourquoi n'avais-je pas au moins essayé d'imaginer un plan en venant ici?

Après m'être mentalement réprimandée une

dernière fois, je levai les yeux vers elle et je demandai :

— C'est juste qu'il agit un peu bizarrement dernièrement. Tu ne crois pas ?

— Bizarre comment ? dit-elle d'un air absent en travaillant sur une boisson glacée pour un client.

— C'est difficile à décrire, hasardai-je, ne souhaitant pas révéler les secrets de Drake ni les miens. C'est juste, tu sais, bizarre.

Kelley pencha la tête sur le côté en réfléchissant, tout en utilisant nonchalamment le blender.

— Eh bien, Drake a toujours été différent. C'est pour cette raison que je l'aime tant.

— Tu as raison, dis-je, déçue par la vitesse avec laquelle j'avais atteint une voie sans issue. Nous ne devrions pas être surprises par ce qu'il fait.

— Oui, comme quand il a acheté ce Segway, dit-elle en gloussant.

— Et la moto, ajoutai-je en riant.

Kelley fit une grimace pour plaisanter.

— Oui, devine ce que je préfère.

Elle frissonna, puis elle versa la boisson du blender dans un grand verre.

— Les Segways ne sont vraiment pas conçus pour deux personnes, mais ça ne l'a pas empêché de passer me prendre avec ça pour notre rendez-vous, la semaine dernière.

Je me joignis à son rire et c'était très agréable d'occuper mon esprit avec quelque chose de frivole pour changer. Nous bavardâmes de choses et d'autres pendant quelques minutes, mais je savais que je ne devais pas rester trop longtemps et l'empêcher de travailler, surtout que le café était toujours bondé et que tout le monde devait mettre la main à la pâte.

— Eh bien, je devrais sans doute...

— Une seconde! m'interrompit Kelley en sortant le téléphone de son tablier.

Je ne l'avais pas entendu sonner, mais ce n'était pas vraiment étonnant, puisqu'elle avait tendance à le mettre sur silencieux.

— Oh, tiens, c'est Drake! annonça-t-elle avec un sourire enthousiaste, mais en continuant à lire, son visage se réarrangea en un froncement de sourcils. Il dit qu'il va quitter la ville pendant quelques jours et il veut savoir si je peux trouver quelqu'un pour le remplacer au travail.

Kelley baissa son téléphone mais continua à fixer l'endroit où il se trouvait juste avant, le regard vide.

— Nous étions censés sortir ce soir, mais apparemment il est déjà parti. Il n'a même pas dit pourquoi.

— Il te prévoit peut-être une surprise, dis-je en me forçant à manifester un nouvel enthousiasme.

Bien sûr, je connaissais la vérité concernant la disparition soudaine de Drake. Si je le voyais avant elle, j'allais devoir lui dire de faire quelque chose de spécial pour Kelley ou de risquer de la perdre en tant que petite amie. D'un autre côté, s'il était vraiment un vampire, elle s'en sortait peut-être mieux sans lui.

— Ou bien il me trompe, gémit Kelley.

— Non ! Il ne ferait jamais ça !

Je tendis la main par-dessus le comptoir et je serrai le bras de mon amie pour la rassurer.

— Tu as bien dit qu'il était bizarre ces temps-ci. Sais-tu quelque chose que j'ignore ?

Elle leva un sourcil en me regardant.

— Non, non, non. Pas du tout ! Ce n'est pas du tout ce que je voulais dire. Drake est fou de toi. Je n'en doute pas une seconde. Enfin, faut que j'y aille.

Et je me précipitai hors de là aussi vite que possible sans courir. Ce ne fut pas un moment très glorieux.

# 12

près avoir quitté le café, je roulai en ville pendant environ une heure en essayant de rassembler mes idées. Au cours des dernières semaines relativement paisibles, j'avais commencé à fantasmer à l'idée de retourner à une vie normale. J'avais même pensé que le danger ne m'attendait pas à chaque coin de rue, que je n'allais pas être obligée de faire autant d'efforts pour garder secret le monde magique de mon chat.

Oh, comme j'avais eu tort.

Plus j'y pensais, plus je désespérais à cause de l'état actuel de ma vie. En effet, quel était l'intérêt de finir mon diplôme de Master? Ce n'était pas comme si j'allais un jour pouvoir faire un travail normal, tant que j'avais mes responsabilités de familier.

J'avais autrefois flirté avec l'idée d'aller encore plus loin dans mon éducation pour obtenir un doctorat. J'aimais l'école et j'aurais aimé devenir professeure. Mais comment pouvais-je vraiment me rendre disponible pour mes étudiants et mes collègues si l'énormité du secret de mon chat passait toujours avant le reste?

Au moins, j'avais maintenant une patronne compréhensive au café. Je n'arrivais toujours pas à trouver le temps ou la passion nécessaires pour terminer mon mémoire à moitié rédigé. Qu'est-ce qui me faisait croire que je pouvais passer au niveau suivant avec un mémoire de thèse? Ou ajouter des cours à ma charge de travail déséquilibrée?

Et puis il y avait le fait très douloureux que je n'allais clairement jamais pouvoir tomber amoureuse, me marier, avoir des enfants... toutes ces choses que je ne voulais pas maintenant, mais que je savais que j'allais désirer un jour.

Mon chat et ses besoins magiques allaient toujours être prioritaires. Ce qui voulait dire que je devais toujours passer après lui.

J'aimais Merlin et Luna et je savais que j'allais être folle des chatons, mais qu'allait-il se passer si je voulais plus que ça?

Oui, je n'aurais sans doute pas dû être aussi focalisée sur l'avenir, puisque je ne savais pas si j'allais survivre à notre situation délicate du moment… ou la suivante, ou celle d'après.

Je m'emballais, c'était sûr, mais je ne pouvais pas non plus m'en empêcher.

Ce n'était pas seulement pour moi, cependant. Je m'inquiétais aussi au sujet de Drake. Une partie de moi s'était brisée en le voyant s'effondrer sur le sol.

Je l'avais toujours perçu comme le type d'une décontraction ultime, mais même lui avait ses limites. À quoi allait ressembler sa vie, maintenant qu'il savait ce qu'il était ?

Je suppose que j'aurais dû être contente que mon problème soit si petit comparé au sien. Non seulement Drake était devenu une créature de la nuit, mais il était tout seul. Ma servitude magique s'accompagnait d'une famille qui m'aimait beaucoup, qui me soutenait, quoi qu'il arrive.

Ce fut sur cette dernière pensée que je rentrai à la maison, pour découvrir un chat très fâché m'attendant sur la table de la cuisine.

— Oh, regardez qui a enfin décidé de se montrer ! miaula Merlin. Notre bol d'eau est vide depuis des heures !

— Je ne suis partie qu'une heure et demie, dis-je en secouant la tête et en me forçant à respirer lentement et profondément pour ne pas perdre mon calme.

— C'est ça, oui ! cria Merlin.

Je me mordis la lèvre en me baissant pour attraper le bol d'eau en inox. Cela me rappela aussi la résolution que j'avais prise dans la voiture : ceci était ma vie et ces chats étaient ma famille. Je les aimais, même quand ils me tapaient sur les nerfs. Malgré tout, j'avais lâché une occasion de devenir une universitaire respectée pour travailler en tant que servante pour un chat très gâté, indépendamment du fait qu'il était également magique.

Je finis de remplir le bol et je le posai sur la table à côté de Merlin.

Il but une gorgée hésitante, puis il éternua et chuchota :

— Ce n'est pas à la bonne température. Qu'est-ce que tu me fais là, Gracie ?

Cela prouvait que peu importe à quel point notre monde devenait magique, au bout du compte, Merlin restait toujours un chat normal aussi.

— Toutes mes excuses, votre majesté, dis-je en faisant une courbette.

Merlin agita la queue et plissa les yeux pendant un moment avant de céder avec un soupir.

— Très bien, je suis désolé d'être si dur avec toi. Je

passe une très mauvaise journée, mais je ne devrais pas me venger sur toi.

Waouh, de véritables excuses. Ceci allait faire partie de l'Histoire comme un de mes jours préférés, malgré les multiples tentatives d'assassinat que j'avais subies par l'intermédiaire de diverses créatures mortes-vivantes :

— À cause des zombies, tu veux dire ? demandai-je tendrement en soulevant son bol et en le ramenant à l'évier.

S'il était capable de s'excuser, alors je pouvais faire un peu plus d'efforts pour satisfaire ses besoins.

— Quoi ?

Merlin fixa un rayon de soleil de l'autre côté de la pièce. Il regrettait sans doute de ne pas y être allongé au lieu d'être assis ici à me parler.

— Les zombies ? Oh, non. Enfin, bien sûr, c'est un problème, mais ce qui m'inquiète vraiment, c'est ma Luna.

Je reposai le bol et il vint le vérifier. Quand Merlin décida que l'eau était assez bonne pour sa consommation, il se pencha en avant et la lapa de bon cœur.

— Je sais que tu veux seulement veiller sur Luna, dis-je avec douceur.

Oui, j'avais déjà fait connaître mon opinion sur le sujet, mais manifestement cela pesait encore sur les épaules de mon chat. J'avais aussi l'impression de devoir défendre Luna. Solidarité féminine et tout ça.

— S'il te plaît, ne me dis pas que je dois m'excuser, marmonna Merlin en levant momentanément la tête.

— Eh bien, ça ne serait pas la pire des idées.

— J'ai déjà essayé, mais elle n'a pas accepté.

Là, j'étais surprise.

— En es-tu certain ?

— Évidemment que j'en suis certain, aboya Merlin avant d'avoir la bonne idée de paraître honteux d'avoir perdu son calme.

— Pardon, pardon. Je sais que ce n'est pas de ta faute, mais je n'invente rien. Quand j'ai essayé de m'excuser, Luna a dit qu'elle était trop fatiguée pour discuter et elle a demandé que nous en parlions plus tard.

— Oh, dis-je en ne sachant pas ce que je pouvais lui suggérer. Eh bien, je suis certaine que tout ira bien. Elle veut sans doute gérer une seule chose à la fois, et les zombies passent avant.

— Mmm-mmm, dit Merlin en se retournant vers son eau.

Ouille. J'espérais vraiment que ces deux-là se rabibochent avant l'arrivée des chatons.

# 13

Lorsque la nuit tomba enfin, les deux chats et moi sortîmes dans le jardin pour nous diriger tout droit vers le chaudron de Merlin, c'est-à-dire le bassin aux oiseaux qui servait de lien avec toutes les choses magiques, y compris la ville de Nocturna.

Il nous fallut atteindre que quelques voitures passent, mais dès que la voie fut libre, nous courûmes vers le chaudron. Merlin sauta dans le bassin, éclaboussa de l'eau, puis me fit signe de traverser le portail.

Ce n'était que la deuxième fois que je voyageais par chaudron. Mon cœur battait la chamade lorsque je plongeai à travers la minuscule ouverture vers le royaume suivant, mais je parvins au moins à atterrir sur mes pieds. Les chats me rejoignirent quelques secondes plus tard, et ensemble nous examinâmes les rues pavées débordant d'activité de la vieille ville. Les bâtiments imitaient le style bavarois et ils étaient construits afin d'abriter des chats et non des humains. Cela donnait à l'ensemble une adorable qualité de contes de fées, et je trouvais cela très enchanteur.

— Bon, il s'agit de ton plan, alors que faisons-nous maintenant? demanda Merlin en me souriant.

Apparemment, notre petite discussion dans la cuisine avait un peu adouci son attitude.

— Nous devons aller consulter le sorcier de sang, annonça Luna.

Ça ne lui ressemblait pas de nous interrompre, mais je comprenais que les tensions entre Merlin et elle étaient élevées. Elle voulait sans doute simplement finir ce petit voyage aussi vite que possible.

Je hochai la tête.

— Oui, c'est aussi ce que j'allais dire.

— Alors, allons-y.

Luna trotta le long du passage pavé, nous laissant la suivre.

Merlin et moi échangeâmes des regards curieux avant de lui emboîter le pas. Plus vite nous avions fini avec ça, plus vite nous allions trouver un moyen d'exterminer notre problème de zombies une bonne fois pour toutes.

Pendant que nous nous promenions à travers les rues sombres de Nocturna, quelques chats amicaux nous saluèrent. Cependant, rien ne pouvait arrêter Luna qui cherchait à atteindre sa destination sans délai.

En passant le coin de la rue, mon orteil se prit dans une fissure du sentier en pierre, me faisant trébucher et tomber à quatre pattes.

— Est-ce que ça va ? demanda Merlin en se précipitant vers moi pour examiner mes paumes éraflées.

Je poussai un long soupir tremblant. Ça piquait, mais pas assez pour que je demande une aide magique.

— Je vais bien. C'est juste un peu difficile d'y voir sans lumière, dis-je en me relevant lentement.

— Nous avons la lune pour nous guider, rétorqua Luna en inclinant la tête vers le ciel.

— Oui, mais je n'ai pas de vision nocturne comme vous deux, lui rappelai-je.

Les résidents félins de Nocturna n'avaient pas besoin de lumière artificielle pour y voir, donc certains sentiers étaient mieux éclairés que d'autres. Celui dans lequel nous venions de tourner n'avait aucune lanterne et pas un seul lampadaire.

— D'accord.

Luna s'assit et attendit que je parvienne à m'orienter avant de continuer.

Notre petit groupe était presque arrivé à la vieille charrette couverte où le siamois possédait son cabinet de sorcier de sang quand une silhouette bondit hors de l'allée et sauta sur Merlin.

— Ah-ha ! Je savais que tu ne pouvais pas te cacher éternellement, grogna un gros chat tigré roux.

En tant que jeune Maine coon, Merlin n'avait pas encore atteint sa taille définitive. Cependant, il était rare de trouver d'autres chats plus grands que lui. D'une façon ou d'une autre, cet assaillant costaud semblait pourtant faire le double de son poids.

— Lâche-le, criai-je en tapant du pied pendant que Luna observait la scène à quelques pas de là.

— Cette poule mouillée me doit un duel, décréta la boule orange, me renseignant sur son identité.

— Tu es Cal, dis-je en pointant un doigt tremblant de colère vers lui.

Il nous fit un grand sourire en montrant ses dents pointues.

— Mince, qu'est-ce qui a bien pu te mettre la puce à l'oreille ?

— Nous n'avons aucune raison de nous battre, grogna Merlin, toujours coincé sous le volume du chat plus grand. Luna a fait son choix, et ce n'était pas toi.

— C'est ça! Dis-lui ce que tu penses! cria Luna en gardant ses distances. Maintenant, laisse-nous, s'il te plaît. Nous avons à faire.

Cal ricana.

— Plus important que ça? Je ne crois pas. J'attends de remettre ce type à sa place depuis des semaines. Où étais-tu, Merlin?

— J'ai une vie en dehors de Nocturna. Et si je ne me trompe, c'est tout le problème pour commencer.

Merlin grogna, puis il tourna brusquement la tête sur le côté pour faire descendre son adversaire.

Cal tomba, donnant l'occasion à Merlin de s'échapper de son emprise. Maintenant, les deux chats se faisaient face, le poil hérissé, en sifflant sauvagement.

— Tu es jaloux, dit sèchement Merlin.

— Non, c'est simplement que je n'aime pas voir de bonnes choses arriver à de mauvais chats, rétorqua Cal. Alors, on va faire ça ici au milieu de la rue, ou quoi?

— Non, non.

Merlin jeta un coup d'œil vers Luna et elle hocha la tête d'un air rassurant.

— Je ne veux pas que quelqu'un soit blessé. Allons faire ça dans les champs.

Cal fit un pas en arrière, puis il s'assit.

— Je compte sur toi pour être là, lança-t-il sans quitter Merlin des yeux. Cinq minutes, sinon tu déclares forfait.

— Tu as ma parole, répondit Merlin en inclinant légèrement la tête.

Là-dessus, Cal eut un sourire sinistre, cligna deux fois des paupières, et disparut dans la nuit.

# 14

Luna s'avança sur la pointe des pieds vers Merlin et moi.

— Venez. Nous devons faire vite. Nous avons encore le temps de rendre visite au sorcier de sang avant que ce voyou revienne.

Merlin miaula d'un air morose et pencha la tête de honte.

— Je sais que tu veux m'empêcher de me battre, ma chérie, mais tu sais ce qui arrivera si je déclare forfait.

— Que se passera-t-il? demandai-je en me sentant complètement à côté de la plaque concernant les méthodes particulières de résolution des conflits de Nocturna.

— Une Alerte à Toutes les Pattes sera envoyée à tous les sorciers de la zone. En refusant de me battre, je renie ma magie, et ils seront en droit de me la prendre.

Merlin expliqua cela d'un ton monotone, comme s'il avait déjà accepté le pire. Ça ne lui ressemblait pas du tout.

Je secouai la tête avec emphase. Si nécessaire, j'allais suffisamment croire en mon chat pour nous deux.

— Nous ne pouvons pas prendre un tel risque. Bon sang. Je suis vraiment désolée, Merlin. Je n'aurais pas dû te forcer à revenir ici. Tu as essayé de me prévenir.

Le Maine coon leva une patte pour me faire taire.

— Non. C'est entièrement de ma faute. Je n'aurais pas dû narguer Cal. Je savais qu'il était jaloux et j'ai quand même pris beaucoup de plaisir à étaler mon bonheur devant lui.

— Mais le sorcier de sang... miaula pathétiquement Luna.

— Nous pouvons lui rendre visite quand tout sera fini, lui dis-je.

Je comprenais qu'elle ne voulait pas que Merlin se batte, mais elle pouvait au moins admettre cette hypocrisie plutôt que d'essayer d'agir comme si elle avait d'autres raisons de le retenir.

— Et si tu perds? demandai-je sombrement à Merlin.

Même si ça ne me plaisait pas, nous devions envisager toutes les possibilités. Si Merlin perdait le duel magique, il n'allait pas mourir, mais il resterait pour toujours sans sa magie... et qu'allait-il alors m'arriver?

Merlin soupira.

— Dans ce cas, je suis prêt à parier que le maître zombie sera bien moins intéressé par ce que je fais.

— Eh bien, je suppose que c'est une façon de résoudre le problème, dis-je en me forçant à sourire, car je savais que Merlin avait besoin d'être soutenu et Luna était étrangement détachée de la situation.

— En réalité, j'ai de la chance que Cal n'ait pas émis l'Alerte la première fois que j'ai disparu. Je suppose qu'il trouvera cela bien plus satisfaisant de me frapper lui-même plutôt que de me voler ma magie à cause d'un détail technique.

Je hochai lentement la tête et je jetai un coup d'œil vers Luna. Ses yeux bleus étaient écarquillés pendant qu'elle observait tout, mais elle continuait à rester silencieuse... laissant certainement Merlin décider par lui-même. Luna voulait que Merlin la laisse prendre ses propres décisions sur ce qui était sûr ou trop risqué pour être acceptable, et maintenant elle lui rendait ce même service.

— Pouvons-nous faire quoi que ce soit pour t'aider à te préparer? demandai-je après un bref moment de silence.

— Oui.

Il se leva sur ses quatre pattes et s'étira.

— J'ai besoin que tu restes aussi près de moi que possible quand je serai dans le champ, mais tout en gardant aussi une certaine distance de sécurité.

— Comment saurai-je quelle est cette distance?

Trop près et j'allais me mettre en danger. Trop loin et c'était Merlin qui courait des risques. Ça n'allait pas être facile, mais c'était le moins que je puisse faire.

Merlin frotta sa tête contre mon tibia.

— Je ne sais pas, mais je te fais confiance pour le découvrir. Ta présence me donnera un avantage par rapport à Cal. Il n'a pas de familier, ce qui signifie que je serai le seul à avoir accès à des réserves supplémentaires si nécessaire.

*Oh, c'était vrai!*

Nous pouvions peut-être gagner, finalement. Tout allait dépendre de moi. Je pouvais sauver la magie de Merlin, et quand il aurait battu Cal à la loyale, nous n'aurions plus besoin d'avoir peur de revenir à Nocturna.

Mon statut de familier signifiait enfin quelque chose : il me donnait un peu de pouvoir... un pouvoir que j'avais bien l'intention d'utiliser pour le bien de tous.

Avec un peu de chance, Merlin allait remporter une victoire rapide et sans douleur, et nous aurions encore le temps nécessaire pour rendre visite au sorcier de sang avant que le soleil du matin ne se lève et endorme la ville.

Sinon, j'allais devoir être prête à séjourner dans une ville qui n'était pas conçue pour les humains. Et si Merlin perdait sa magie...

— J'ai une question, lâchai-je.

Je ne voulais pas empirer son angoisse du duel à venir, mais j'avais besoin d'en savoir plus.

Merlin se laissa tomber sur le derrière et me fixa droit dans les yeux.

— Oui ?

— Si tu perds ta magie, que m'arrivera-t-il ? chuchotai-je.

— Eh bien, tu te souviens de ce qui est arrivé à Virginia quand Luna a abandonné sa magie ? Cela a coupé le lien. Il te suffit de ne pas suivre la magie en fuite et d'éviter les puits, et tout ira bien.

Il sourit sans enthousiasme et je me baissai pour lui caresser la tête.

— Oh, et il y a une dernière chose que tu dois sans doute savoir, ajouta-t-il tout penaud. Si je perds, Luna et moi pourrons partir avec l'aide d'un autre chat, mais Gracie... tu seras coincée à Nocturna pour toujours.

# 15

Coincée à Nocturna? Mais qu'allais-je faire ici? Comment pouvais-je vivre dans un monde auquel je n'appartenais pas?

— Un autre chat ne peut-il pas m'aider, moi aussi? suggérai-je d'une toute petite voix.

Merlin me regarda brièvement dans les yeux avant de détourner la tête.

— Tu es liée à mon sang. Notre connexion a permis de te transporter ici. Sans ma magie, cette connexion sera rompue.

J'avalai la boule d'émotion qui s'était formée dans ma gorge. Merlin avait besoin d'un bras droit fort maintenant, pas d'un boulet. Il fallait que je dépasse mes craintes et que je fasse ce qu'il me demandait sans y ajouter mes doutes ou mes hésitations.

Merlin était un sorcier puissant. Il l'avait prouvé de nombreuses fois.

Il pouvait gagner.

En fait, il allait gagner.

Oui, il me suffisait de continuer à y croire.

Après tout, il ne m'avait encore donné aucune raison de douter de ses capacités.

Je frappai dans mes mains avec plus d'énergie que ce que je ressentais.

— Alors, il nous suffit de faire en sorte de gagner. Allons-y!

Merlin hocha lentement la tête, puis il cligna deux fois des yeux, nous transportant tous les trois dans une clairière loin de la ville. On voyait tout juste les immeubles affleurer à l'horizon, à cause d'un plafond de feu au-dessus de nous, illuminant le ciel dans toutes les directions.

— Euh, Merlin, quel genre de sorcier est Cal? chuchotai-je, incapable d'arracher les yeux aux flammes qui menaçaient de nous tomber dessus d'une seconde à l'autre.

— Volcan, dit-il avec la mâchoire serrée en scrutant le champ à la recherche de son rival.

Je suivis son regard mais je ne vis personne. Certainement pas Cal.

— Tiens, il s'est peut-être rendu compte qu'il avait

vu trop gros et il a décidé de déclarer forfait? suggé-rai-je avec espoir, mais Merlin ne sembla pas convaincu.

Au-dessus de nous, la couverture de feu ondulait comme une vague et je levai la tête pour observer le spectacle. Pendant que je les regardais, les vagues se mirent à se jeter furieusement contre une barrière invisible, puis à déborder par-dessus en énormes coulures de lave.

Des fissures apparurent dans le sol à mes pieds et je sautai sur le côté pour éviter d'être avalée par le mouvement soudain du terrain.

La minuscule fissure se transforma en gouffre et fila au loin puis explosa vers le haut, créant un trône de terre et de roche.

Les flammes au-dessus reformèrent une couver-ture solide et suivirent la fissure qui serpentait en une danse mortelle. Les deux éléments convergèrent pour former un cyclone né de la destruction, et Cal bondit du trône, traversant tout droit le mur de feu.

— Il était temps que tu arrives, dit le chat roux avec un sourire sinistre. N'est-ce pas typique de ta part d'apparaître à la toute dernière minute?

— N'est-ce pas typique de la tienne d'apparaître dans un feu de gloire? rétorqua Merlin avec un mépris visible. Mais si tu veux m'impressionner, il te faudra bien plus que quelques tours pour amuser la galerie.

— Assez de bavardages. Ta queue m'appartient, chat !

Cal gloussa cruellement en filant vers Merlin d'un pas rapide et assuré.

Je m'avançai aussi vers le Maine coon en sachant que plus je restais près de lui, plus il allait avoir des facilités à remettre ce type à sa place.

Pendant que Cal courait vers nous, des flammes s'élevaient derrière lui, le propulsant encore plus vite.

Merlin resta figé sur place, comme s'il était hypnotisé par le spectacle. Et juste au moment où je fus certaine que Cal allait lui foncer dedans, la tête la première, Merlin tourna sur lui-même, créant sa propre tempête.

Un cyclone hurlant se forma au-dessus de lui et s'élança vers Cal. Maintenant, le chat roux avait accumulé tant d'élan qu'il ne pût pas s'arrêter à temps. Il s'écrasa contre le maelstrom et fut aspiré à l'intérieur, avec ses flammes et tout.

Merlin cria quelque chose dans le vent, mais je ne l'entendis pas par-dessus les rafales rugissantes.

La tornade tourna de plus en plus vite, soulevant l'adversaire de Merlin de plus en plus haut. Mais Merlin n'avait pas encore fini. Il donna un coup de patte arrière avec sa manœuvre familière. C'était le pouvoir que je redoutais le plus chez lui : après tout, il avait fait un trou dans mon toit.

Il frappa plus vite et plus fort, encore et encore. Ses pattes étaient devenues floues et la poussière s'envola, obscurcissant ma vue du champ.

Et puis du ciel...

*CRAC !*

Un puissant coup de tonnerre frappa le cyclone, et j'aurais pu jurer avoir vu le squelette de Cal flasher devant moi, comme dans les dessins animés à l'ancienne que je regardais les samedis matin quand j'étais petite.

Merlin trébucha et tomba en avant. Il venait d'utiliser consécutivement ses deux sorts les plus puissants et il était évident que ce n'était pas sans conséquences.

La tornade se dissipa et Cal tomba sur le sol.

Aucun chat ne bougea, si ce n'est pour respirer bruyamment. La magie de Cal émit des étincelles autour de son corps.

Merlin ne fit rien.

— Merlin ! lui criai-je. Tu dois invoquer la pluie. Ce sort est facile. Tu peux le faire !

Mon chat sorcier leva une patte vers le ciel, mais

ne parvint pas à la tenir en l'air assez longtemps pour jeter son sort.

Je courus vers lui. Mon contact pouvait peut-être lui donner la force dont il avait besoin pour terminer cette bataille. Je l'avais presque atteint quand une colonne de boue bien compacte s'éleva de la terre, m'empêchant d'avancer.

Je fis un pas sur le côté, mais un autre pilier s'éleva pour bloquer cette route également.

— Merlin ! criai-je en frappant des poings contre la cage en verre qui me piégeait maintenant de tous les côtés.

*Non, non, non !*

Si je ne l'atteignais pas — et vite — c'était la fin pour nous deux...

# 16

Je ne voyais rien en dehors de quelques flammes éclairant le ciel au-dessus. Je criai et je frappai contre les murs de boue qui s'étiraient loin au-dessus de moi, mais je ne pus pas me libérer.

— Rends-toi, rugit Cal par-dessus le vacarme.

Je m'arrêtai de crier et je restai silencieuse, attendant la réponse de Merlin.

— *Ja... mais*, parvint-il à dire entre deux halètements.

— Ta magie est à moi, souffla Cal difficilement, prouvant que lui aussi avait souffert. Il me suffit de tendre la patte et de la prendre.

Un silence terrifiant s'étira pendant des lustres.

Que se passait-il? Merlin se relevait-il pour se

battre? Cal lui avait-il déjà volé sa magie? Et qu'allait-il se passer avec la magie quand elle aurait disparu? Allait-elle se déverser dans la nature comme celle de Luna, ou bien Cal pouvait-il vraiment disposer à la fois de la sienne et de celle de Merlin?

— C'est ta dernière chance, dit Cal avec force. Lève-toi et bats-toi comme un chat, ou abandonne maintenant.

Quelque chose tomba sur ma joue, ce qui me fit sursauter. Je bondis en arrière juste au moment où autre chose me frappa l'épaule.

*La pluie!*

Merlin avait réussi. Il avait pu déclencher la pluie. Elle tombait dru, tambourinant de plus en plus fort sur ma tête.

Il n'avait pas abandonné!

Les chats grognèrent et sifflèrent, continuant à se jeter des sorts. Pendant ce temps, la pluie commença à s'accumuler à mes pieds, puis elle monta rapidement de mes genoux à mes épaules, de plus en plus haut.

Je trépignai dans l'eau, attendant l'occasion de m'extirper de ma prison temporaire et de faire mon possible pour aider Merlin à saisir la victoire.

Quand je fus enfin capable de jeter un coup d'œil par-dessus l'énorme mur en terre, j'aperçus Merlin avec les griffes proches de la gorge de Cal, prêt à frapper. Je ne pus rester en hauteur assez longtemps et je retombai dans la piscine en dessous de moi.

Je me hissai à nouveau et je grimpai sur l'étroite bande de terre, les pieds tremblants. J'étais au moins à quatre mètres et demi du sol sans savoir comment descendre en sécurité.

Les deux chats levèrent brusquement la tête et se tournèrent vers moi.

Un sourire diabolique passa sur le visage rayé de Cal quand il fit une feinte similaire à celle de Merlin dans l'allée. Il se dégagea de l'emprise de mon chat et invoqua une énorme boule de feu. Une seconde plus tard, il catapulta la chose tout droit vers moi. Je sautai sur le sol, ne m'inquiétant plus de la meilleure manière de tomber.

L'important était de ne pas mourir.

Juste avant de frapper la terre, un petit souffle de vent m'attrapa et me fit lentement descendre. Merlin avait littéralement sauvé mes fesses.

Malheureusement, Cal avait compté sur le fait que Merlin allait être distrait pour me sauver, et leur position était maintenant inversée.

L'énorme chat roux se tenait au-dessus de mon Maine coon, agitant fébrilement les pattes pour frapper le visage de Merlin, son torse, tout ce qu'il pouvait atteindre... attaquant la source même de sa magie.

— Oh, Merlin, pensais-tu pouvoir gagner? le provoqua-t-il en donnant un coup qui envoya Merlin plus loin.

Tout était de ma faute. Si j'étais restée à ma place...

J'étouffai un sanglot, car je refusais de faire un bruit. J'avais déjà trop coûté à Merlin. Au moins, il pouvait s'échapper vivant. Il avait toujours sa famille. Luna, les chatons...

Le pelage blanc lumineux de Luna attira mon attention quand elle traversa le champ, s'approchant des chats qui se battaient. Elle n'avait pas de magie, qu'avait-elle donc l'intention de faire?

J'eus vite ma réponse quand elle s'avança discrètement derrière Cal et enfonça ses griffes et ses dents dans son cou.

Cal se débattit, mais elle resta bien attachée, incroyablement forte. Elle ne prenait pas seulement sa magie, compris-je lorsque le corps ramolli de Cal tomba dans le champ. Toute sa vie avait été drainée hors de lui. Luna avait fait ça.

Elle avait mis fin à ce duel en brisant toutes les règles.

— Luna, m'écriai-je en fonçant vers les chats. Que viens-tu de faire?

— Il perdait, dit-elle en haussant les épaules.

— Mais tu l'as tué! rétorquai-je alors que des larmes coulaient sur mes joues.

Il s'était passé tant de choses en si peu de temps que j'avais des difficultés à traiter toutes les informations.

— Pourquoi l'as-tu tué? aboyai-je.

— Merlin a besoin de sa magie, dit froidement Luna avant de se tourner vers moi avec les griffes tendues.

Elle bondit dans ma direction, les yeux rouges de rage.

Je fis un pas en arrière, mais ça ne suffit pas à éviter l'attaque.

Luna tomba sur moi et tout fut plongé dans l'obscurité.

# 17

Je repris difficilement connaissance dans un lieu totalement inconnu.

Debout.

Enchaînée à un rocher.

En haut d'une montagne.

*Oh, non...*

Je tirai sur mes chaînes, mais il n'y avait pas de mou.

*Merlin.* Qu'était-il arrivé à Merlin?

Je scrutai l'obscurité et j'aperçus finalement une petite cage en métal, pas très différente du genre qu'un humain utiliserait pour piéger une mouffette ou un raton laveur s'étant trop approché de la maison.

Merlin était allongé à l'intérieur, inerte.

— Merlin! Réveille-toi! chuchotai-je relativement fort.

Même si je ne voyais personne d'autre ici avec nous, notre ravisseur pouvait encore être dans les parages.

— Comment sommes-nous arrivés ici? lui demandai-je, mais il ne bougea pas.

C'est alors que je me souvins de ce qu'il s'était passé.

*Luna.*

Elle avait tué Cal et elle s'était ensuite retournée contre moi. Mais pourquoi?

Merlin gémit dans son sommeil mais il ne parut pas entendre mes appels à l'aide. Au moins, je savais qu'il était en vie, même s'il n'allait pas tout de suite m'aider à préparer un plan d'évasion.

Je luttai encore contre mes chaînes, grognant et tirant jusqu'à ce que je perde mon souffle.

— Abandonne, ordonna une étrange voix grave pas très loin de là. Tu ne peux pas gagner.

Je scrutai le sommet, mais je ne vis personne.

— Qui êtes-vous? Et pourquoi nous avez-vous conduits ici? criai-je dans l'obscurité.

— Tu as beaucoup d'exigences pour quelqu'un

qui n'a plus de choix, dit la voix en gloussant cruellement.

Bon, il trouvait ça divertissant. De mon côté, ça ne m'amusait pas du tout. Je n'arrivais pas non plus à replacer cette voix. Elle était familière et étrange en même temps.

Je plissai les yeux vers l'origine du son et je finis par apercevoir un chat noir perché au bord du sommet.

À côté du chat, un chaudron s'activa soudain, brillant d'un vert marécageux hideux.

— Monsieur Grosmatou? demandai-je prudemment.

Mais n'était-il pas parti dans sa propre ville avec Drake? Et n'était-il pas censé être un des gentils?

Le chat se tourna brusquement vers moi, éclairé par la magie qui mijotait derrière lui.

— Tu me reconnais, maintenant?

La poitrine du chat était entièrement noire, ses yeux d'un vert luisant. Monsieur Grosmatou avait une petite tache de blanc sur le poitrail et de grands yeux ronds et dorés. Ce n'était pas lui.

Mais quels autres chats noirs connaissions-nous? *Oh.*

— Dash, dis-je en serrant les dents.

— Il t'a fallu longtemps.

La dangereuse sorcière des illusions minauda comme si tout ceci n'était qu'un jeu.

— D'un autre côté, il me semble que tu me connais mieux sous cette forme.

Un nuage de magie obscurcit ma vision. Quand il s'évapora, une agente de police pragmatique me lança un regard noir. C'était la forme originelle dans laquelle j'avais rencontré Dash : une policière enquêtant sur la mort de mon vieux patron Harold. Bien sûr, tout avait été un piège. En tant que sorcière des illusions, Dash pouvait prendre la forme qu'elle voulait.

Du moins, j'avais toujours considéré Dash comme une femelle, puisque je l'avais d'abord rencontrée sous la forme d'une policière. Maintenant, cependant, j'étais presque certaine que le chat noir était un mâle. Une seconde, pourquoi perdre mon temps à essayer de découvrir le pronom approprié pour un chat qui voulait presque certainement me tuer ?

*Réfléchis, Gracie. Réfléchis !*

— Où est Luna ? demandai-je avec des sueurs froides.

Un autre nuage de magie apparut et il en sortit un chat entièrement blanc avec des yeux bleus brillants.

— Je suis juste là, ma chère, dit Dash avec la voix de Luna.

J'aurais dû le savoir. Luna ne nous aurait jamais trahis. Ça avait été Dash depuis le début... du moins depuis que nous étions arrivés à Nocturna.

J'essayai de me jeter en avant, mais les chaînes me maintenaient en place.

— Que lui as-tu fait ?

Dash reprit sa forme naturelle. Un chat noir ordinaire et sans prétention.

— Je ne vois pas en quoi c'est important. Vous ne vous reverrez jamais.

— Dis-moi où elle est ! criai-je en luttant contre mes chaînes avec une vigueur renouvelée.

— Détends-toi. Profite des dernières heures de ta vie. Si ça peut aider à te calmer, je peux t'assurer que la chatte blanche va très bien. Toi, en revanche ? Tu vas mourir.

Dash rit sèchement. Je n'avais encore jamais eu autant envie de frapper un animal, pas même les écureuils zombies qui avaient fait de leur mieux pour essayer de me tuer.

Dash leva la tête et examina silencieusement le ciel nocturne plein d'étoiles avant d'annoncer :

— Vous auriez tous pu rester vivants, tu sais ? Mon plan était simple. Vous faire venir à Nocturna pour voir le sorcier de sang. Prendre ce sang sans que vous le sachiez. J'aurais pu exécuter ce plan sans aucune victime. Mais maintenant, à cause de vous, beaucoup vont mourir.

Je déglutis, ne sachant pas comment j'allais me sortir de cette situation, particulièrement sans l'aide de Merlin.

Il me fallait un miracle.

# 18

**L**aisse-moi partir, exigeai-je, refusant de mourir en silence... ou de mourir du tout, si je pouvais l'empêcher. Il est inutile de faire du mal à qui que ce soit. Nous pouvons mettre fin à tout ça maintenant.

— Et pourquoi le ferais-je? demanda Dash en se tournant vers le chaudron brillant et en examinant le breuvage.

— Parce qu'au fond de toi, tu es quelqu'un de bien, hasardai-je.

Dash partit d'un rire sarcastique.

— Je crois que quelqu'un a regardé trop de films de contes de fées. Parce que je peux t'assurer que je suis complètement pourri, j'ai tous les vices.

Les notes de cette vieille chanson drôle retentirent

dans mon esprit. Je maudis le chat noir qui venait d'ajouter une chanson qui reste dans la tête à ma liste actuelle de problèmes. Je secouai la tête pour y voir plus clair. Une seule chose importait maintenant : il fallait nous échapper.

— Pourquoi fais-tu ça ? demandai-je. Quel avantage en retires-tu ?

Dash tourna ses yeux d'un vert incandescent vers moi.

— Oh, c'est vraiment plutôt simple. Quand j'ai compris ce qu'étaient Merlin et toi, le lien que vous partagez, j'ai su que j'avais enfin trouvé ce que j'ai attendu pendant des siècles.

— Des siècles ? Personne n'est aussi vieux.

— Une fois de plus, tu as tort. J'ai presque mille ans.

Je retins mon souffle. Je ne m'étais pas attendue à ça.

— Mais comment ?

Dash sourit en révélant ses canines blanches et pointues.

— Tu n'es qu'une descendante, le dernier rejeton. Moi, cependant, je suis l'original.

— Tu es le Merlin imposteur, soufflai-je en sachant immédiatement que c'était vrai.

C'était la seule chose logique étant donné l'intérêt

qu'elle — ou, je suppose, il — manifestait pour la lignée de Merlin et moi.

— Mais je pensais que tu étais mort.

Un nuage de magie remplaça le petit chat noir par un très vieil homme dont la barbe blanche s'étirait jusqu'aux chevilles.

— Tout le monde le pensait. Heureusement pour moi, mes illusions m'ont permis de rester caché jusqu'à trouver ce dont j'avais besoin.

— Tu étais le premier familier. Tu as promis ta loyauté au véritable Merlin ! crachai-je, dégoûtée.

Dash resta impassible.

— Oui, eh bien, pourquoi être le serviteur quand on peut être le maître ?

C'était affreux. Les seuls autres familiers que j'avais rencontrés étaient tous deux devenus diaboliques par soif de pouvoir. Si je survivais, allait-il m'arriver la même chose ?

Je repensai à la dernière fois que nous avions affronté Dash. Si je pouvais continuer à le faire parler, cela allait nous faire gagner du temps. Nous pouvions encore sortir de là, Merlin et moi.

— Pourquoi nous as-tu envoyé ces zombies ?

Cette partie-là n'avait toujours aucun sens pour moi.

— Oh, c'est facile. N'as-tu vraiment pas encore

compris ? Il fallait que je vous fasse partir à Nocturna. Heureusement, vous êtes très prévisibles. Vous êtes venus ici dès que tu as pu convaincre ton maître d'accepter, n'est-ce pas ?

— Merlin et moi sommes plutôt dans une sorte de partenariat, rectifiai-je en jetant un coup d'œil à mon allié allongé dans sa cage.

*S'il te plaît, s'il te plaît, réveille-toi.*

— Est-ce important, alors que vous allez mourir tous les deux au lever du soleil ?

— Pourquoi veux-tu nous tuer ?

— Pourquoi pas ? D'ailleurs, je sais ce que tu fais. Tu essaies de me faire continuer à parler pour retarder mon plan diabolique. Mais ça n'a aucune importance. Ceci doit se passer à un moment très spécifique, et je t'ai déjà dit lequel.

— Au lever du soleil, dis-je, la bouche sèche. Et même toi, tu affirmes que ton plan est diabolique. Ça ne devrait pas t'indiquer quelque chose ?

— Le bien, le mal, lâcha Dash d'un ton monocorde. Ils se ressemblent plus que tu ne le penses. La perception des deux change avec le temps. Tu me considères peut-être comme diabolique, mais les générations futures me verront comme un dieu.

— Tu es un monstre, crachai-je, ce qui me coûta un effort, car je n'avais presque plus de salive.

— Et ton opinion n'a aucune importance. Tu n'es rien de plus qu'une note de bas de page dans la légende de ma gloire. Avec votre lien de sang et les étoiles parfaitement alignées, je vais à nouveau forger la puissante Excalibur et l'utiliser pour obtenir le pouvoir ultime sur les mondes magiques et ordinaires.

— Tu parles comme un aliéné.

— Essaie d'attendre presque mille ans avant de te venger, et tu comprendras.

— Te venger? Contre qui?

— Merlin m'a accordé un vœu ultime pour me remercier d'avoir accepté le rôle de familier. Et quand mon vœu ne lui a pas plu, il a essayé de m'entourlouper.

— Tu as demandé à être aussi puissant que lui! criai-je.

Je savais que la logique de Dash avait un sens dans sa propre tête, mais certainement pas pour moi.

— Les familiers sont uniquement censés être des réceptacles.

— Maintenant! explosa Dash, ou Merlin, ou je ne sais qui. À ton avis, pourquoi ces règles ont-elles été instaurées? Hein?

— Il t'a maudit. Comment as-tu survécu?

— Non, il m'a forcé à me cacher. Une fois que la

magie a été accordée, il n'a pas pu la reprendre. Pas sans ceci.

Il enfonça les deux mains dans le chaudron et en extirpa une épée scintillante.

Je retins mon souffle.

— Est-ce... ?

— Excalibur. Oui. Du moins, ça le sera. Cela fait presque mille ans jour pour jour que ton ancêtre Arthur l'a retirée d'une pierre, déclarant que c'était l'arme ultime. Mais ce n'est pas la raison pour laquelle Excalibur a été créée ni ce qu'elle était censée faire.

J'écarquillai les yeux. Rien de ce que ce type me racontait ne correspondait à ce que je savais des légendes d'origine.

— Pardon ?

— Merlin l'a fabriquée pour moi. Pas parce que...

— Je suis désolée. Cela devient très confus. Nous en sommes à trois Merlin maintenant, et j'ai du mal à te suivre.

Le sorcier grogna.

— Très bien. Le sorcier chat d'origine a créé cette arme, pas pour prendre la vie, mais pour prendre la magie.

— Elle était faite pour toi.

— Oui, mais j'avais déjà réussi à m'échapper. Il a

été si frustré qu'il l'a enfoncée dans cette pierre. Et en faisant cela, il n'a pas réussi à l'extraire lui-même.

— Sinon il risquait de perdre sa magie, supposai-je.

Dash fit un grand sourire.

— Précisément.

— Alors, Arthur... ?

— Était un moyen d'atteindre un but. Parce qu'il a retiré l'épée de la pierre, il n'allait jamais pouvoir manier sa propre magie, même s'il le souhaitait. Et cela faisait de lui le familier servile parfait... Oh, regarde qui a enfin décidé de se joindre à nous.

Je tournai la tête vers la cage où Merlin — mon Merlin — commençait enfin à s'éveiller.

# 19

Merlin se réveilla et essaya de s'asseoir, mais son dos se cogna contre le dessus de la cage, le forçant à s'accroupir. Il secoua la tête avant de parcourir le sommet du regard.

— Gracie! cria-t-il en me voyant.

— Merlin, ça va, dis-je vite, soulagée. Nous allons sortir de là.

Avec l'aide de Merlin, nous avions encore une chance.

— N'as-tu rien écouté de tout ce que j'ai dit? demanda Dash en s'avançant vers moi avec colère.

— Oui, je t'ai entendu. Mais tu as déjà perdu, et je suis prête à parier que ça t'arrivera encore.

— Oh, un pari ? Quels sont les enjeux ? Oh, je sais. Que dirais-tu de ta vie ?

Le vieux sorcier gloussa, apparemment amusé par ses propres plaisanteries.

— Qui est ce type ? demanda Merlin d'une voix traînante.

Le manque de magie l'affaiblissait toujours. Nous étions nettement désavantagés.

Je soupirai.

— C'est une longue histoire, mais c'est Dash qui s'avère aussi être Merlin l'imposteur originel. Il va nous tuer afin de reforger Excalibur, ou quelque chose du genre.

Dash s'en prit à moi, le regard plein de venin :

— Hé, témoigne-moi un peu de respect. J'ai travaillé dur sur ce plan. Et tu omets toutes les meilleures parties.

Je haussai les épaules, contente de le vexer. Pour l'instant, c'était le seul moyen dont je disposais pour me défendre.

— À mon avis, ton plan est un peu tordu. Est-ce le mieux que tu aies trouvé alors que tu avais presque un millénaire pour le faire ?

— Il est sans faute, cria-t-il en postillonnant vers moi. D'accord, ce duel ridicule a légèrement modifié les choses, mais le résultat final sera le même. Il y a bien longtemps, nos ancêtres ont formé un lien éternel quand Arthur a retiré Excalibur de la pierre. L'épée a été forgée par le chat sorcier pour me voler ma magie, mais à la place, Arthur a été le premier à succomber à cette malédiction. *Ipso facto*, nos trois lignées furent liées pour l'éternité.

J'esquissai un sourire.

— *Ipso facto*, hein ?

— Ça suffit !

Le cri de Dash résonna au loin, prouvant comme nous étions isolés en haut de cette montagne.

— Oui, je crois que j'en ai assez entendu, annonça sèchement Merlin, toujours coincé dans sa position accroupie à cause de la taille relativement petite de sa cage. Tu es le sorcier imposteur, mais je suis le vrai. Le dernier de la plus puissante lignée magique à fouler le sol de cette planète. Ce qui signifie que je peux te battre, espèce de charlatan.

D'accord, il n'avait pas beaucoup de place pour manœuvrer dans sa cage, mais ça n'empêcha pas Merlin de légèrement frapper le sol avec ses pattes arrière, utilisant sa manœuvre classique pour invoquer la foudre.

Il ne se passa rien en dehors de la cage, mais à l'intérieur, Merlin laissa échapper un hoquet avant de tomber à plat sur le ventre.

Dash rit méchamment.

— Tu croyais que je n'allais pas rendre cette chose à l'épreuve de la foudre? C'est une cage magique. Tous les sorts que tu essaieras de lancer nourriront simplement la cage et la renforceront. Il n'y a pas d'issue.

Merlin haleta en se levant et il se jeta contre le côté de la cage.

Il ne se passa rien, ce qui amusa beaucoup Dash.

Je refusais d'accepter la défaite. La magie ne pouvait pas nous libérer, mais je n'en avais jamais eu pour mon usage de toute façon. Il nous fallait une solution non magique, et j'allais la trouver.

Dash replaça Excalibur dans le chaudron et continua à travailler sur sa potion, faisant je ne sais quoi. Mes paupières tombèrent en le regardant.

*Non!* Si je m'endormais, tout était fini.

— Tu ne nous as jamais dit ce que tu as prévu de faire quand tu auras à nouveau forgé cette chose. Autre que de nous tuer, je veux dire.

Dash m'ignora.

— Youhou! criai-je. La Terre appelle Dash, ou Merlin, ou qui que tu sois!

Le sorcier barbu se tourna vers moi.

— Je suis de nombreuses personnes en une seule. Je suis tout le monde et donc personne.

— Mmm-mm. Et le reste de ton plan, alors? Ne veux-tu pas me le révéler?

— Pourquoi? Tu seras morte, de toute façon.

Un petit sourire apparut sur ses lèvres. J'étais ravie que l'idée de mon trépas donne un peu de joie à son petit cœur sombre, car je n'allais certainement pas mourir aujourd'hui. Malgré tout, il fallait que je joue sur sa vanité pour le faire parler.

— C'est vrai, mais je suis quand même curieuse.

— Eh bien, c'est encore un peu tôt, mais je ne vois aucune raison de ne pas tout préparer maintenant.

Dash retourna vers le chaudron et en retira une fois de plus l'épée. Il la porta jusqu'à moi, s'arrêtant à quelques dizaines de centimètres hors de ma portée. Puis il reprit sa forme de chat.

J'avais enfin l'occasion de me battre.

Je donnai un coup de pied, mais je le ratai de très loin.

Il m'ignora en levant une patte et en sortant les griffes, puis il se griffa le torse avec un petit cri de douleur. Du sang coula sur le sol, éclaboussant l'épée.

— En combinant nos trois lignées de sang, je reforgerai Excalibur et je l'utiliserai pour sceller le portail entre Nocturna et le monde humain, afin que personne ne puisse plus jamais s'élever contre moi. Ensuite, je régnerai comme un dieu, le plus puissant

— le seul — être magique restant dans l'univers ordinaire. Heureuse ?

Dash sauta sur le rocher auquel j'étais enchaînée et bondit sur ma poitrine en me regardant dans les yeux.

— Et maintenant c'est à ton tour de contribuer. Je vais juste prendre un peu de ton sang.

— Hors de question !

Je me débattis et je gigotai, mais je ne parvins toujours pas à me libérer.

Dash donna un coup de patte et me griffa le visage. Je fermai les yeux lors de l'impact, et quand je les rouvris, je découvris que j'étais dans un endroit complètement différent.

# 20

Je regardai la caisse. Elle clignotait en m'affichant les nombres *4,15 $* — le prix de notre latte potiron classique de quatre-vingt-dix centilitres plus TVA. Dans ma main, je serrais un billet tout neuf de cinq dollars.

En levant la tête, je vis un client qui attendait en tendant une main pendant qu'il utilisait l'autre pour consulter quelque chose sur son téléphone.

*D'accord.* Je devais vraiment avoir été dans la lune pendant une seconde.

Je fis la monnaie et je la lui tendis.

— Votre boisson sera prête bientôt, dis-je avec mon meilleur sourire professionnel, puis je m'avançai vers Kelley qui avait déjà lancé la machine à expresso et commencé à travailler sur la commande.

Un épais brouillard envahissait les bords de mon esprit. Je ne m'étais pas sentie comme ça depuis que j'avais bêtement tenté de boire vingt et un shots pour mes vingt et un ans. Je n'en avais bu que sept avant de tout vomir sur mon rendez-vous de ce soir-là, et j'avais pour toujours laissé tomber l'alcool récréatif.

Je ne me souvenais pas que j'avais bu hier soir. En fait, je ne me souvenais de rien du tout de la veille... Ni même de ce matin. Je m'étais simplement réveillée et j'étais ici au travail.

*Tiens.* Apparemment, j'étais vraiment capable de faire ce travail en dormant. Il fallait que j'essaie en m'attachant une main dans le dos, pour voir.

— Comment se passe votre journée jusqu'ici ? me demanda la cliente suivante avec un sourire.

Je lui rendis son sourire et je me tournai vers la caisse. J'aimais beaucoup nos clients aimables. De plus en plus souvent, les gens me traitaient comme une nuisance, une distraction pénible de ce qu'ils faisaient sur leur téléphone... même si c'étaient eux qui choisissaient de venir dans le café.

— C'est une belle journée. Magnifique, répondis-je, même si je ne me souvenais pas de grand-chose jusqu'ici.

Mais aucun client — peu importe sa gentillesse — ne voulait entendre les délires d'une barista folle.

Parce que je devenais folle, n'est-ce pas ?

Ou bien je perdais les pédales ?

Les pédales étant mes souvenirs.

Je pris la commande de la cliente et je l'encaissai. Dès qu'elle fut partie, une autre personne vint prendre sa place.

Puis une autre.

Et encore une.

Je n'avais aucune pause entre les commandes. D'accord, il y avait toujours beaucoup de monde chez Harold, mais là, c'était ridicule. Je ne reconnaissais pas une seule personne et nous avions normalement un afflux régulier de clients fidèles.

— Kelley ? dis-je en m'éloignant de la caisse et du nouveau client qui attendait.

— Mmm ? demanda-t-elle en continuant à travailler sur la machine à expresso.

— Quelque chose te semble bizarre, aujourd'hui ? me hasardai-je en me balançant d'un pied sur l'autre.

Elle continua à travailler sans même prendre une seconde pour me regarder, mais elle répondit.

— Bizarre comment ?

Je haussai les épaules, ne sachant pas l'expliquer.

Kelley gloussa.

— On dirait que quelqu'un a bu un verre de trop, hier soir.

Je lui attrapai le bras, mais elle ne me regardait toujours pas.

— Je ne bois pas, Kelley. Tu le sais.

— Ça a dû me sortir de la tête, dit-elle froidement. Maintenant, retourne à la caisse. Il y a la queue.

Je suivis les ordres de ma patronne, même si je me sentais maintenant encore plus perturbée qu'avant. Kelley avait toujours le temps de bavarder, même s'il y avait beaucoup de monde. Pour elle, il était important de maintenir le moral de ses employés. Et j'étais une de ses meilleures amies. Quand je venais la voir parce que quelque chose n'allait pas, elle arrêtait tout pour m'aider.

— Bienvenue chez Harold. Je reviens tout de suite, dis-je au premier client de la file, puis je me tournai vers Kelley pour tester une théorie que je venais d'élaborer.

— Penses-tu que Drake pourrait te tromper? demandai-je.

Il était vrai que c'était un risque. La dernière fois que nous avions parlé, elle avait été très inquiète que le départ soudain de Drake signifiait qu'il avait une autre femme quelque part.

Je ne voulais pas raviver cette inquiétude chez mon amie, mais il fallait aussi que j'obtienne une réaction plus forte de la part de Kelley. Cela apaiserait au moins ma propre inquiétude, car j'étais rongée par le sentiment que quelque chose clochait.

— Il ne me tromperait pas, dit-elle avec un sourire rêveur. Nous sommes bien trop heureux pour qu'il parte et mette les choses en péril.

*Bon, c'était certain!*

Où étais-je et qui se tenait devant moi? Parce que ce n'était absolument pas la Kelley Carmine que j'aimais et que je connaissais.

— Pardon, mais je dois partir, lui dis-je en arrachant mon tablier et en le jetant par terre.

— Tu ne peux pas t'en aller au milieu de ton service! cria-t-elle.

— Regarde, répondis-je en contournant le comptoir et en me dirigeant vers la sortie.

# 21

Avant que je puisse atteindre la porte, une main solide me saisit le bras.

*Drake.*

— Hé. Où cours-tu si vite ? demanda-t-il avec sa nonchalance habituelle, contrastant fortement avec son état pitoyable et en sanglots de la dernière fois.

— Quelque chose cloche ici, l'informai-je à voix basse pour empêcher la horde de clients de m'entendre. Je dois partir.

— C'est bizarre, hein ? Je traînais avec Grosmatou et la bande à Beech Grove, et tout à coup, je suis ici au travail.

Il me fallut une seconde pour traiter cette information.

— Alors, tu étais ailleurs et puis tu as soudain

atterri ici ? Je pense que c'est peut-être ce qui m'est arrivé aussi.

Je me creusai la tête pour essayer de me souvenir de quoi que ce soit, mais en vain.

Drake se balança d'avant en arrière.

— Oui, sans doute, puisque ceci est une illusion.

— Une quoi ?

Ce mot me semblait familier, mais pourquoi ?

— Une illusion, répéta Drake lentement. Tu sais, une supercherie. Ce n'est pas vrai.

— Une illusion, marmonnai-je à voix haute en goûtant le mot et en méditant dessus.

Et soudain tout devint clair.

*Dash !*

Il était responsable. Les illusions étaient sa spécialité et il avait eu presque mille ans pour s'entraîner. Il avait capturé Merlin et moi, nous avait conduits en haut de la montagne. Il allait utiliser notre sang pour faire quelque chose de terrible. Il avait déjà une partie du mien, mais je ne savais pas s'il avait récupéré celui de Merlin.

Il fallait que j'y retourne, au cas où il restait encore du temps.

— Merlin a des problèmes, dis-je à Drake, le cœur serré par l'angoisse. Il faut que je retourne le voir.

— D'accord, dit-il en haussant les épaules. À plus tard, alors.

Il lâcha mon bras et je poussai la porte pour sortir dans la lumière aveuglante du soleil.

Non, elle était entièrement blanche. Quand la lumière s'estompa, je me rendis compte que j'étais de retour à la caisse en train de fixer les nombres *4,15 $*. En essayant de partir, j'avais réinitialisé l'illusion.

Je courus vers Drake, qui semblait être la seule personne saine d'esprit dans cet endroit.

— C'était trippant, confia-t-il.

— Comment se fait-il que tu sois toi alors que personne d'autre ne l'est? demandai-je en restant près de lui et en chuchotant.

— C'est une question bizarre, dit-il avec de grands yeux, comme si je le faisais halluciner.

— Je suis sérieuse. Kelley n'est pas elle-même. Elle agit bizarrement, mais tu es comme d'habitude. Pourquoi?

Drake inclina la tête en y réfléchissant.

— Maintenant que j'y pense, je ne suis pas vraiment moi.

Je pinçai les lèvres, ne sachant pas comment répondre à cela.

Heureusement, il poursuivit.

— Par exemple, mon esprit est ici, mais pas mon corps.

— Drake, je te regarde en ce moment même. Toi. Ton corps.

Il secoua la tête.

— Non, je ne crois pas. Regarde.

Je le fixai, mais il ne se passa rien, sauf qu'il se tut pendant quelques instants.

— Tu vois, s'exclama-t-il après environ une minute.

— Que fallait-il que je voie ?

À mes yeux, il ne s'était rien passé, mais Drake semblait tout enthousiaste.

— Je suis parti, dit-il comme si je devais non seulement accepter cette idée, mais aussi être impressionné. Je suis retourné à Beech Grove et j'ai dit *ça roule* à monsieur Grosmatou.

— Drake, tu n'es allé nulle part. Tu es resté ici tout le temps, argumentai-je alors que les débuts d'un mal de tête appuyaient sur mes tempes.

Il fronça les sourcils et pointa sur son torse.

— Pas moi. Ceci n'est pas le vrai moi. Enfin, ce corps ne l'est pas. L'intérieur de moi est ici avec toi, mais l'extérieur de moi se trouve avec Grosmatou.

— Drake, écoute-moi, dis-je en l'entraînant vers le mur pour que nous puissions discuter en privé. En ce moment même, je me bats contre un sorcier des illusions très puissant. Il m'a envoyée ici pour me distraire parce que je posais trop de questions ou je ne sais quoi. Mais je dois y retourner.

Drake hocha la tête. Il était adepte du laisser-faire dans tous les domaines, mais au moins, il n'était pas stupide. Je me raccrochai à cela.

— Comment as-tu fait pour partir ?

Il se tordit les mains.

— Je ne sais pas. Je l'ai juste fait.

Je poussai un grognement. Ça ne m'aidait pas du tout.

— Mais comment ? Je dois partir maintenant. Peux-tu m'apprendre ?

Il réfléchit pendant une seconde avant de reprendre la parole.

— J'ai simplement ouvert mes yeux, mes vrais yeux, et puis j'étais à Beech Grove. Quand je les ai refermés, j'étais ici. Je ne sais pas vraiment comment l'expliquer autrement.

— D'accord, dis-je en me léchant les lèvres. Je vais essayer ça.

Je fermai les yeux et j'essayai de visualiser le sommet que j'avais quitté. Quand je les rouvris, je vis que Drake me regardait.

— Est-ce que ça a fonctionné? demanda-t-il d'un air curieux.

— Non. Laisse-moi essayer encore.

Et c'est ce que je fis. J'essayai au moins une demi-douzaine de fois, de plus en plus frustrée, mais je ne parvins pas à faire fonctionner sa technique.

— Drake, je suis coincée, gémis-je.

Il fourra une main dans sa poche et posa l'autre sur son bras opposé.

— Désolé.

— Je suis coincée... répétai-je en comprenant quelque chose. Mais pas toi. Tu peux m'aider!

— D'accord. De quoi as-tu besoin?

— Bon. Écoute-moi, parce que c'est très important. Je veux que tu retournes voir monsieur Gros-matou et que tu lui expliques qu'un sorcier diabolique a capturé Merlin et moi et qu'il nous détient en haut d'une grande montagne à Nocturna. Je suis coincée dans une illusion et Merlin dans une cage magique. Nous ne pouvons pas sortir et le sorcier va utiliser notre sang pour lancer un sort abominable et super diabolique. Il faut que vous veniez nous sauver.

Il leva les sourcils l'un après l'autre. J'avais enfin piqué sa curiosité.

— Nocturna? Je n'ai encore jamais entendu parler de cet endroit.

— Oui, mais j'espère que monsieur Grosmatou le connaît. Peux-tu faire ça, Drake? Peux-tu sauver le monde?

— Pourquoi pas?

Et il disparut alors, laissant derrière lui l'enveloppe sans vie de son illusion.

Tout ce que je pouvais faire maintenant, c'était attendre et espérer que j'avais confiance en la bonne personne — ou le bon vampire — pour cette tâche.

# 22

J'ouvris les paupières en sursautant. Le café bien éclairé s'était transformé en paysage nocturne et désolé. Je ne voyais rien en dehors de la lumière brillante des étoiles et de la lune qui pendait lourdement dans le ciel au-dessus.

Une autre chose brillait également : un chaudron rempli d'un liquide vert bouillonnant.

*J'étais de retour au sommet !*

Mais comment ?

Un nuage rose attira mon regard, puis une autre lueur verte.

Deux chats noirs roulaient ensemble dans un mélange de magie, Grosmatou contre Dash, le bien contre le mal.

— Drake ? criai-je dans l'obscurité.

— Je suis là, dit-il calmement en se tenant dange-reusement près du bord de la falaise.

— Tu nous as trouvés !

J'étais si heureuse que j'aurais pu pleurer.

— Il a fallu quelques essais, mais nous y sommes parvenus. Il y a beaucoup de montagnes dans cet endroit.

Maintenant je pleurais vraiment. Je n'allais peut-être pas mourir aujourd'hui, finalement.

— Sais-tu que tu es enchaînée à un rocher ? demanda Drake pendant que les chats continuaient à se battre bec et ongles.

— Oui. Peux-tu me libérer ? m'enquis-je avec espoir, luttant contre mes liens pour lui montrer que j'étais incapable de les détacher moi-même.

Drake avança vers moi d'un pas déterminé, concentré mais pas pressé, comme s'il avait tout son temps.

J'essayai de ne pas grogner, soupirer ou lever les yeux au ciel. Je savais qu'il était capable d'émotions. Je l'avais vu quand monsieur Grosmatou avait révélé que Drake était secrètement un vampire. Notre situation actuelle ne méritait-elle pas un peu d'énergie pour avancer plus vite ?

Drake avait franchi plus de la moitié de la

distance entre nous quand il écarquilla soudain les yeux et s'effondra en avant.

Dash se tenait derrière lui, analysant ses dégâts avec une fierté évidente.

— Drake ! criai-je. Lève-toi !

— Ça devrait le mettre KO un moment, dit le méchant sorcier juste avant que Grosmatou fonce sur lui comme une comète enflammée.

Le combat des chats reprit.

Je les observai un moment, mais il était impossible de distinguer qui était qui dans cette bataille de nuit de deux chats noirs magiques. Le seul avantage était que leur magie émettait des couleurs différentes. Je me demandai pourquoi la magie de Merlin était du même vert que Dash et pas comme le rose de Grosmatou.

— Merlin ? dis-je en me souvenant que mon chat était toujours ici quelque part. Merlin, est-ce que ça va ?

— Je vais bien, répondit-il d'un ton groggy. Mais je ne peux toujours pas m'échapper.

— Dash a-t-il déjà pris ton sang ?

— N-non, je ne crois pas.

— Alors, nous n'arrivons pas trop tard.

Nous pouvions encore réussir. Et maintenant que l'infanterie était arrivée, nous allions y arriver.

— Le soleil va bientôt se lever. Nous n'avons pas beaucoup de temps, avertit Merlin.

— Tant que nous pouvons empêcher Dash de prendre ton sang, tout ira bien, promis-je en espérant être capable de tenir cette promesse.

Les deux chats noirs sifflèrent et grognèrent en roulant sur le sommet, toujours pris par leur bataille magique. Dash était bien plus fort que Merlin ou moi, mais monsieur Grosmatou était largement capable de se défendre.

Mes yeux alternaient entre eux et Merlin et Drake, attendant que l'occasion parfaite se présente. D'une façon ou d'une autre, nous allions gagner. Il le fallait.

Les chats heurtèrent le chaudron luisant de Dash et le renversèrent. Le liquide marécageux se déversa et s'enfonça dans le sol.

— C'est trop tard, tonna Dash de son étrange voix grave. Le soleil est déjà là. Il me suffit d'obtenir un dernier ingrédient et Excalibur pourra renaître.

Effectivement, le soleil s'apercevait juste au-dessus de l'horizon. Je n'avais jamais été si malheureuse de voir l'aube d'une nouvelle journée. Désormais, si nous survivions, j'allais voir le lever du soleil d'un autre œil. Comme une fin possible plutôt qu'un début prometteur.

Grosmatou jeta un coup d'œil vers le soleil. Seulement pendant un instant, mais cela suffit.

Dès que son adversaire fut distrait, Dash fonça vers la cage de Merlin, prêt à lui voler son sang et à ramener le maudit artefact à la vie.

— Non ! hurlai-je.

Mais Dash était déjà à côté de la cage, tripotant la serrure. Même s'il avait gardé sa forme de chat noir, il transforma une de ses griffes en clé qui s'adaptait sans doute parfaitement à la serrure en question.

Merlin se colla contre le côté opposé, essayant de placer autant de distance que possible entre le sombre magicien et lui.

Du coin des yeux, je vis un éclat rose aveuglant traverser le sommet et heurter Dash comme un train de marchandises lancé à toute vitesse. Il ne s'arrêta pas à l'impact, mais continua à pousser, fonçant du sommet jusque dans le ciel de l'aurore.

La boule de magie rose décrivit ensuite un arc de cercle et revint vers nous. Elle s'arrêta à côté de Drake et la magie disparut.

— Que s'est-il passé ? demandai-je à monsieur Grosmatou.

— Il ne faisait pas attention, alors je l'ai poussé de la montagne, annonça le grand patron chat en bombant le torse de fierté.

— Et tu vas tellement le regretter, tonna la voix de l'autre sorcier quand il apparut au-dessus de la crête de la montagne. Mais il n'était plus un chat ni un humain à la barbe grisonnante.

Un énorme dragon volait maintenant devant nous.

Et il n'avait pas l'air content.

# 23

Je fixai le monstrueux dragon vert avec la bouche grande ouverte. J'avais été témoin de beaucoup de magie au cours des derniers mois, mais rien ne m'avait autant secoué que cet horrible mastodonte qui agitait les ailes devant moi maintenant.

Le dragon Dash rugit et lâcha un torrent de flammes brûlant l'herbe à mes pieds.

— Que se passe-t-il? cria Drake en se réveillant enfin et en se dépêchant de se lever. Waouh, ils sont cool, ces effets spéciaux.

Le dragon vomit des flammes et les envoya dans la direction de Drake.

— Non! hurlai-je juste au moment où le brasier enveloppait mon pauvre ami.

Le dragon rit et passa à sa victime suivante : monsieur Grosmatou.

Je fixai le pilier de feu, brûlant toujours à quelques pas de là. La transpiration perlait sur mon front et au-dessus de mes lèvres. Il était impossible que Drake ait pu survivre.

Et c'était de ma faute. Je l'avais fait intervenir.

Au loin, les chats reprirent leur bataille. Même si la nouvelle forme de Dash était bien plus lourde que le petit chat noir, Grosmatou ne chercha pas à éviter le combat. Il se lança tout droit vers la menace et reprit la bagarre exactement là où ils s'étaient arrêtés.

Je me détournai de la bataille des chats et je baissai la tête en souvenir de Drake pendant que le feu s'éteignait lentement.

— Ouille, c'était chaud, murmura Drake.

Quand je levai la tête, je le vis s'écarter d'un monticule de terre roussie.

Il ne présentait pas une seule brûlure. Pas même la moindre trace de suie.

— Drake, chuchotai-je quand je fus certaine que les deux chats sorciers étaient concentrés l'un sur l'autre et ne faisaient pas attention à nous.

Quand il regarda dans ma direction, je hochai le menton vers le côté pour lui faire signe de s'approcher.

— Mes nouveaux pouvoirs de vampire ne sont-ils pas merveilleux? demanda-t-il avec un énorme sourire. Je viens littéralement de marcher à travers le feu.

— Oui, super.

Évidemment, j'avais un milliard de questions à ce sujet, mais quelque chose m'indiquait que Drake n'avait pas non plus les réponses. En outre, nous devions nous concentrer sur des choses plus importantes en ce moment.

— Écoute, poursuivis-je. Il faut que tu sortes Merlin de cette cage. Dash l'a déverrouillée avant que Grosmatou le pousse du bord de la montagne, alors il te suffira sans doute de soulever le loquet. D'accord?

— D'accord.

— Et avance lentement et en silence. Dash ne te considère pas comme une menace, et nous ne voudrions surtout pas le faire changer d'avis.

Drake leva les pouces vers moi, puis il se faufila de l'autre côté du sommet jusqu'à la cage de Merlin à plusieurs mètres de là. Effectivement, il parvint à débloquer la cage de Merlin sans avoir besoin de bricoler la serrure.

Je m'attendais à ce que Merlin bondisse hors de la cage, prêt à utiliser sa magie, mais il en sortit en chancelant. Le pauvre avait traversé beaucoup de choses au cours des dernières vingt-quatre heures, et je ne savais pas trop combien il allait encore pouvoir en supporter.

Je voulus lui crier des encouragements, mais cela risquait de révéler sa nouvelle liberté à Dash. Pour l'instant, il fallait que je fasse confiance à mon chat qui devait savoir ce qu'il faisait.

Et il faisait effectivement quelque chose.

Merlin s'avança lentement mais d'un pas décisif vers moi. Venait-il rompre mes chaînes ? Allais-je enfin pouvoir me joindre à cette bataille au lieu de me contenter d'encourager depuis la ligne de touche ?

Non. Le Maine coon s'arrêta tout près de moi et de mon rocher, et je compris avec horreur ce qu'il avait l'intention de faire.

— Merlin, tu ne peux pas, soufflai-je tout doucement.

Je ne pouvais toujours pas prendre le risque d'alerter Dash sur sa liberté.

Merlin leva la tête et me regarda dans les yeux pendant un court moment avant de reporter son attention sur l'épée abandonnée.

— Il ne nous reste pas d'autre choix, dit-il stoïquement.

Et avant que je puisse l'arrêter, il leva une griffe en

l'air et la fit retomber vivement sur son torse, exactement comme Dash auparavant.

Son sang éclaboussa sa longue fourrure et tomba en gouttelettes sur l'épée.

Mon chat venait de forger Excalibur à nouveau, l'arme qui était censée nous détruire.

# 24

ésormais imprégnée du sang du dernier membre de notre trio maudit, l'épée ancienne brillait d'une couleur blanche et agressive.

Merlin inspira profondément et se leva sur ses pattes arrière, puis il bondit sur l'épée avec ses deux pattes avant.

L'épée siffla et grésilla, transmettant sa lumière au corps de Merlin également. Ensemble, ils brillaient comme un phare, attirant directement l'attention du dragon.

— Non !

Dash s'écarta de Grosmatou et fonça vers la lumière.

— Drake, criai-je en lui faisant signe de me rejoindre. J'ai un plan.

Pendant ce temps, le dragon chercha fébrilement à séparer Merlin de l'épée, mais les deux semblaient avoir fusionné.

Je chuchotai mon plan à Drake, mais il me regarda avec une grimace incertaine.

— Je ne sais pas. Ça m'a l'air un peu fou.

— Fais-moi confiance. C'est notre meilleure chance.

Il hocha la tête et s'éloigna d'un pas léger.

— Qu'avez-vous fait? hurla Dash qui ne semblait pas poser la question à quelqu'un en particulier.

Finalement, l'épée relâcha son emprise sur Merlin et mon chat tomba sur le flanc, complètement épuisé.

Le dragon lutta pour attraper l'épée et l'obtint facilement. Il ne restait personne pour la lui prendre. Avec une confiance renouvelée, Dash fendit l'air en direction de Grosmatou, maniant l'épée avec une force gigantesque.

— Attention! criai-je en même temps que Drake.

Monsieur Grosmatou produisit un fouet de magie rose et saisit l'épée, la libérant facilement des pattes du dragon. Il utilisa ensuite son fouet magique pour pointer l'épée vers le cœur du dragon.

Pendant que sa magie tenait Excalibur, il devint

très clair que l'épée n'avait pas rempli son objectif. La magie de monsieur Grosmatou était toujours puissante et lumineuse.

**B**ande d'idiots, vous avez gâché mon magnifique plan, cria le dragon quand il comprit lui aussi que l'artefact avait échoué à voler la magie de l'autre chat. Pour ça, vous allez mourir !

Dash et Grosmatou reprirent leur bataille, tous deux encore équipés de toutes leurs capacités. Excalibur tomba sur le sol, rien de plus qu'une relique inutile désormais.

Merlin, allongé par terre et haletant, entrouvrit un œil.

Drake s'accroupit au loin, attendant le moment parfait pour agir selon notre plan.

Je demeurais toujours enchaînée à ce fichu rocher.

— Qu'as-tu fait, gros bêta ? demandai-je à Merlin.

Une fois de plus, les larmes coulaient le long de mes joues. Je devenais une vraie fontaine.

— Mon sang, dit-il avec un frisson. Il n'est plus magique. Le sort est rompu.

— Tu as reforgé l'artefact, puis tu l'as rendu

inutile afin que personne ne puisse s'en servir, compris-je à voix haute.

— Oui, souffla-t-il avant de s'évanouir.

— Merlin! hurlai-je, mais rien de ce que je pouvais faire ou dire ne le réveilla.

*Pourvu qu'il ne soit pas mort, pourvu qu'il ne soit pas mort.*

Ça ne pouvait pas finir ainsi. Nous ne pouvions pas gagner cette bataille pour ensuite perdre la guerre. Merlin ne pouvait pas mourir. Et ce n'était pas le cas. Je refusais de l'accepter.

Grosmatou et Dash continuèrent à se battre pendant ce qui me sembla être des lustres. Drake dut aussi avoir l'impression que cela durait longtemps, car il décida de dévier du plan d'origine.

— Hé, l'haleine de dragon! cria-t-il en sautant sur place et en agitant les bras.

— Toi! Je pensais déjà m'être débarrassé de toi! rugit Dash en s'écartant de Grosmatou et en filant tout droit vers Drake.

Oh, quel idiot. Maintenant, il allait mourir aussi. Pourquoi ne pouvait-il pas simplement attendre comme je le lui avais dit?

Je soupesais toujours cette question quand Drake disparut sous mes yeux et réapparut dans le dos du dragon, le guidant vers la cage magique dans laquelle avait été emprisonné Merlin.

À la dernière seconde possible, Drake disparut encore. Non, ce n'était pas ça. Il bougea si vite qu'il devint invisible à mes yeux d'humaine.

Il bondit du dos du dragon juste avant que l'énorme monstre s'écrase contre cette minuscule cage.

Comme il s'agissait d'une cage magique, dès l'instant où le dragon la heurta, son pouvoir fut absorbé dans ses barreaux, rendant sa forme naturelle à Dash.

Le vieil homme avec la longue barbe.

La magie de Merlin, et maintenant celle de Dash, avaient renforcé la puissance de la cage et elle quadrupla facilement de taille pour accueillir sa nouvelle cargaison humanoïde.

— Verrouille-la ! criai-je, mais Drake s'en occupait déjà.

Grosmatou s'approcha en volant et atterrit sur le sol avec un bruit sourd.

— Apparemment, ta première leçon avec Connie s'est bien passée.

— Oui, ce n'est pas si mal d'être un vampire, finalement, avoua Drake en enfonçant les mains dans les poches de son jean.

— Bon, toi, tu viens avec moi, dit monsieur Grosmatou à la pitoyable créature dans la cage avant d'invoquer un épais brouillard rose et de les faire disparaître de notre vue.

Il ne restait plus que Drake, Merlin et moi.

— Laisse-moi t'aider avec ça, dit Drake.

Il apparut à côté de moi à une vitesse incroyable, puis saisit mes chaînes et les sépara comme s'il ne s'agissait que de fils de couture.

J'étais stupéfaite.

— Aurais-tu pu le faire depuis le début?

— Sans doute, admit-il. Mais je dois encore m'habituer à tout ça.

Je lui donnai une tape dans la main, puis je tombai sur le sol à côté de mon chat. Je soulevai Merlin dans mes bras et il se colla contre ma poitrine. Il était toujours en vie, mais il allait être terriblement gêné de savoir ceci plus tard.

— Nous devons retourner en ville et trouver Luna, dis-je à Drake.

— Allons-y, dans ce cas, rétorqua-t-il.

— Attends, dis-je en fixant le petit visage de chat de Merlin.

Sa langue sortait légèrement de sa bouche. Il paraissait si innocent.

— Je ne peux pas t'accompagner, indiquai-je tristement. Je ne peux pas quitter Nocturna. Je ne peux plus.

# 25

S i tu ne pars pas, alors je ne pars pas,
insista Drake, me prenant par
surprise.

— Tout ira bien, dis-je en agitant la main. Pars, si
tu peux.

Il donna un coup de pied dans la terre roussie.

— D'accord, mais comment?

— Eh bien, comment êtes-vous venus ici,
monsieur Grosmatou et toi?

Je me posais des questions à ce sujet depuis un
moment, maintenant.

— Avec son espèce de magie rose, répondit Drake
du tac au tac.

— Je suis certaine qu'il reviendra te chercher

quand il aura fini de vérifier que Dash est bien installé dans cette prison qu'il a mentionnée.

Drake hocha la tête comme si ça n'avait pas d'importance.

— Mais toi, alors ?

Je soupirai en fixant le chat sans connaissance dans mes bras.

— Merlin était le seul à pouvoir me faire entrer et sortir de Nocturna. En tant que familier, je suis liée à lui.

— Mais il n'a plus de magie, n'est-ce pas ?

— Effectivement.

Le visage de Drake affichait un mélange d'émotions très différentes de sa tranquillité habituelle.

— Dans ce cas, comment allons-nous te faire sortir d'ici ?

Je frissonnai en serrant Merlin contre moi, me rendant soudain compte qu'il faisait froid maintenant que l'adrénaline s'était estompée.

— C'est impossible.

Il fronça le nez comme par dégoût, puis il secoua la tête.

— Eh bien, tu ne peux pas rester sur cette montagne. Laisse-moi t'emmener quelque part.

— Non, Drake. Vraiment, ça v...

Mais avant que je puisse terminer mon argument,

il me souleva dans ses bras et descendit de la montagne à une vitesse hallucinante. Je m'accrochai tant bien que mal à Merlin, car j'avais très peur de le faire tomber et de causer sa chute mortelle.

— Voilà un bon endroit, dit Drake en me reposant sur mes pieds peu de temps après.

Je gardai les yeux bien fermés, ayant peur de regarder. Au moins, j'avais l'impression que le monde avait arrêté de tourner autour de moi.

Après avoir inspiré lentement pour me calmer, j'ouvris un œil et je trébuchai.

Drake tendit la main pour me stabiliser, me tenant comme je tenais Merlin, qui était toujours évanoui.

— Tu m'as ramenée au village, dis-je en scrutant la ville bavaroise miniature qui s'élevait autour de moi.

Drake haussa les épaules.

— Je me suis dit que c'est mieux ici.

Nous regardâmes tous les deux le village pittoresque. Un vieux couple d'himalayens passa devant nous en se promenant de l'autre côté de la rue, mais sinon, l'endroit était désert.

— Excusez-moi, criai-je. Puis-je vous demander un service ?

Ils s'arrêtèrent et me fixèrent sans ciller avec des yeux énormes.

— Pourriez-vous aider mes amis à retourner de l'autre côté?

— Oui, nous pouvons vous aider, répondit la femelle d'une petite voix aiguë et mignonne. Notre maison se trouve juste au bas de la rue. Rejoignez-nous là-bas environ dix minutes avant la tombée de la nuit et nous préparerons notre portail.

— Merci, dis-je en inclinant la tête.

Malheureusement, je venais tout juste de comprendre mon erreur.

Le couple himalayen baissa la tête en retour et poursuivit sa route.

— Ils vont te faire sortir d'ici, mais pas avant ce soir. Les portails ne s'ouvrent que la nuit, confiai-je à Drake.

Enfin, j'allais au moins avoir de la compagnie pendant que je décidais comment vivre ma nouvelle vie.

Nous levâmes tous les deux la tête vers le soleil qui avait atteint son zénith.

Drake me fit un sourire prudent.

— Eh bien, je peux imaginer de pires façons de passer la journée, surtout que je vais en avoir beaucoup pendant ma longue vie immortelle.

— Es-tu vraiment immortel? demandai-je pendant que nous parcourrions les trottoirs vides de Nocturna.

Ses résidents félins étaient apparemment partis se coucher.

— Il existe encore des façons dont je peux mourir. Mais pas beaucoup. La plupart des vampires restent vivants très longtemps.

Il enfonça les deux mains dans ses poches et laissa échapper un long soupir.

— Comment te sens-tu à ce sujet? D'être vampire, je veux dire?

Il haussa les épaules.

— Ça a été un choc au début, mais j'y suis habitué maintenant.

— Déjà? Tu ne l'as appris qu'hier.

— Oui, mais je suppose que ça fait quelques années maintenant que je le suis. Tu te souviens de la fois où je t'ai parlé de ce fantôme blanc dans la tempête?

Je hochai la tête, fascinée par cette histoire.

— Je pense que c'est arrivé cette nuit-là. Gros-matou et son équipe essaient de m'aider à récupérer ce souvenir. Ils pensent que c'est une clé pour découvrir en quoi je suis différent.

Il fronça un instant les sourcils, puis modifia ses traits pour reprendre son apathie habituelle.

— Tu as toujours été différent, Drake, fis-je remarquer en riant.

Il gloussa également, mais je vis que le cœur n'y était pas.

— Oui, mais ils parlent d'autre chose. J'ai des capacités que les autres vampires n'ont pas.

— Comme marcher à travers le feu? suggérai-je.

— Entre autres.

Il haussa encore les épaules avant de poursuivre.

— Je ne sais pas. J'ai encore beaucoup de choses à comprendre.

Je voulais aider mon ami, mais je ne savais pas comment. Je pouvais seulement l'écouter pendant qu'il était à Nocturna et lui souhaiter le meilleur quand il serait parti. J'allais devoir m'habituer à l'idée que tous mes amis et ma famille vivent leur vie sans moi. Ils n'allaient même pas savoir ce qui m'était arrivé...

Mon téléphone vibra dans ma poche, annonçant un appel.

— Vraiment? J'ai du réseau dans une autre dimension?

En le sortant, je vis que Kelley m'appelait.

— Excuse-moi, il faut que je décroche, dis-je à Drake avant d'appuyer sur le bouton pour accepter son appel. Allô ?

# 26

—Gracie! cria Kelley dans mon oreille à travers le téléphone. Tu ne devineras jamais!

Je mis le haut-parleur afin que Drake puisse l'entendre également, mais je posai un doigt sur ma bouche pour qu'il reste silencieux. Kelley n'avait pas besoin de découvrir que Drake et moi étions ensemble au petit matin. Tout était très innocent, mais je ne pouvais lui révéler aucune partie de la vérité, et j'étais bien trop épuisée pour créer un mensonge crédible.

— Quoi? demandai-je d'une voix aussi joyeuse que possible.

— Eh bien, j'ai eu du mal à dormir hier soir parce

que je m'inquiétais au sujet de Drake et moi, commença-t-elle.

Quand elle marqua une pause pour respirer, je m'empressai de défendre Drake :

— Kelley, je te l'ai déjà dit. Vous êtes tous les deux...

— Non, écoute. Ce n'est pas important. Enfin, si, mais ce n'est pas la raison pour laquelle j'appelle.

Elle respira vite et reprit immédiatement :

— Je n'arrivais pas à m'endormir, alors je suis sortie prendre un peu l'air. Et je pense avoir trouvé ton chat.

Je regardai Merlin, toujours posé au creux de mon bras pendant que je tenais le téléphone de l'autre.

— Vraiment ? Parce qu'il est ici avec moi.

— Oui, mais tu as deux chats, n'est-ce pas ? Le grand marron poilu et le plus petit blanc.

Je retins mon souffle.

— As-tu trouvé Luna ?

— J'en suis presque sûre. Attends, je t'envoie une photo.

Mon téléphone reçut un message que j'ouvris. Effectivement, les yeux bleus de Luna me fixèrent depuis l'image.

— Ce n'est pas une bonne photo, mais c'est le

mieux que je puisse faire, dit-elle pendant que je l'étudiais toujours.

— Luna va-t-elle bien? l'implorai-je. Est-elle avec toi maintenant?

Kelley bâilla comme pour prouver son manque de sommeil. Eh bien, elle n'était pas la seule.

— J'ai essayé de t'appeler toute la nuit, dit-elle, la fatigue toujours évidente dans sa voix, mais je n'ai pu te joindre que maintenant. Où étais-tu?

*En haut d'une montagne en train de me battre contre un dragon, entre autres choses.*

— Euh, ce n'est pas important, dis-je. Luna va bien?

— Oui, enfin, il me semble. Elle est coincée au fond de mon puits, alors je n'en suis pas sûre à cent pour cent, mais elle miaule comme une folle. C'est pour ça que je l'ai trouvée.

J'imaginais Kelley penchée au-dessus du puits et regardant Luna pendant que nous parlions. Heureusement qu'elle l'avait trouvée. Merlin allait être si soulagé en se réveillant!

— Oh, mon Dieu, Kelley, il faut que tu la fasses sortir de là, criai-je, m'attirant un regard curieux de la part d'une chatte isabelle assez maigre qui passait en trottinant.

— J'ai déjà appelé les pompiers, me rassura mon

amie. Ils aident les chats à descendre des arbres, alors pourquoi pas à les sortir des puits? Ils ont affirmé qu'ils allaient passer dès qu'ils avaient une minute de libre. Je reste donc ici à les attendre. Heureusement, j'avais prévu de prendre un jour de congé, de toute façon. Bon, alors, quand viens-tu?

Je baissai le téléphone et je ravalai une nouvelle vague de nausée. Que devais-je répondre? Je ne pouvais pas me rendre chez elle maintenant, ni jamais. J'étais coincée à Nocturna pour toujours, mais je n'avais aucun moyen de le lui expliquer.

— J'arrive dès que possible, parvins-je à dire d'une voix étranglée avant de mettre fin à l'appel.

— Luuuunaaaa, gémit Merlin avant de se retourner dans mes bras.

— Elle est en sécurité. Kelley l'a retrouvée, lui dis-je avec un grand sourire.

J'étais si heureuse que cette petite famille de chats allait bien, même si je ne pouvais plus en faire partie.

— Nous devons repartir, insista Merlin en me tapotant avec sa patte. Pose-moi. Je dois aller voir Luna.

— Mais c'est déjà le matin et nous sommes coincés à Nocturna au moins jusqu'à ce soir, l'infor-mai-je tout en le posant néanmoins par terre.

J'étais contente qu'il ait enfin repris connaissance.

C'était une inquiétude de moins lors de cette journée très inquiétante.

— Hé, ce truc fonctionne, pas vrai? demanda Drake en pointant un doigt vers mon téléphone.

Il utilisa son autre main pour extirper son téléphone de sa poche et jeter un coup d'œil à l'écran.

— Aucune barre, m'informa-t-il en l'agitant devant moi. Rappelle-moi de prendre le même opérateur que toi quand nous serons sortis ici.

Il tendit la main, paume vers le haut.

— Puis-je?

— Euh, bien sûr.

Je posai le portable sur sa main et je l'observai pendant qu'il recopiait un numéro de son téléphone sur le mien.

— Chut, ça sonne!

Quelqu'un décrocha de l'autre côté. Je parvins tout juste à entendre un « allô » étouffé.

Le visage de Drake s'illumina subitement.

— Fauve, salut. Passe-moi Grosmatou.

# 27

**E**uh, peux-tu charger quelqu'un d'autre du baby-sitting du méchant sorcier et venir nous chercher, s'il te plaît? dit Drake après avoir mis le haut-parleur.

— Où êtes-vous? demanda Grosmatou de son inquiétante voix de serpent.

Drake leva les yeux vers le ciel puis regarda autour de lui, cherchant sans doute des points de repère.

— Cette ville. Nocturna. Juste à côté de la place. Il y a une fontaine.

— Mais Drake, commençai-je à argumenter. Le portail n'ouvre qu'à...

Je m'arrêtai de parler quand monsieur Grosmatou

apparut à quelques mètres de nous dans son fameux nuage de magie rose.

Drake mit fin à l'appel et me rendit le téléphone.

Pendant ce temps, ma mâchoire tomba presque sur mon ventre.

— Je ne comprends pas. Comment ?

— La magie de tes chats et la mienne sont différentes, expliqua Grosmatou comme si la réponse aurait dû être évidente. Les mêmes règles ne s'appliquent pas.

— Est-ce pour cette raison que leur magie est verte et la tienne rose ? demandai-je, toujours perplexe.

— Quelque chose du genre.

Le chat noir s'assit sur le trottoir pavé et agita la queue d'un air pensif.

— Je dois admettre que je n'ai toujours pas tout à fait compris comment autant de systèmes magiques peuvent coexister dans le même espace sans suivre les mêmes règles. Mais je vous assure que je ne me reposerai pas tant que je ne l'aurai pas découvert.

— Y en a-t-il d'autres ? En dehors de ta magie et de celle que j'avais ? demanda Merlin en s'installant à mes pieds.

— Oui. La tienne est originaire d'Angleterre il y a

environ mille ans. La mienne est bien plus ancienne, aussi vieille que la Terre elle-même, sinon plus.

Un sourire s'étira d'une joue moustachue à l'autre. Il était évident que monsieur Grosmatou était fier de l'ancienneté de son système de magie.

— Qu'existe-t-il d'autre? demandai-je en m'accroupissant pour faire passer les doigts dans la fourrure épaisse de Merlin.

— Je ne sais pas, mais j'ai l'intention de le découvrir. Une fois que j'aurai fini d'entraîner ma remplaçante...

— Fauve, précisa Drake avec un énorme sourire idiot.

Il était évident qu'il avait le béguin. Ce n'était pas une bonne nouvelle pour Kelley, mais d'un autre côté, leur couple n'allait sans doute pas durer beaucoup plus longtemps, étant donné le nouveau statut de créature de la nuit de mon ami.

— Oui. Quand Fauve aura pris mon poste de diplomate pour la région de Peach Plains, j'ai l'intention de voyager dans le monde et d'apprendre tout ce que je peux sur les divers systèmes de magie et comment ils fonctionnent ensemble.

— Est-ce que ça signifie que tu peux faire sortir Gracie d'ici? demanda Merlin.

Ce n'est que là que je vis que ses yeux auparavant

verts étaient devenus couleur de miel. La magie en lui était morte, et de sa propre patte.

— Je peux essayer, répondit Grosmatou en hochant la tête. Que tout le monde se rapproche et pose une main sur moi.

Nous nous avançâmes vers lui en faisant ce qu'il avait ordonné.

Un brouillard rose tourbillonna autour de nous, puis il se dissipa, me laissant seule sur cette rue pavée.

Monsieur Grosmatou revint quelques secondes plus tard.

— Je suis désolée, Gracie, dit-il. Il semblerait que tu sois liée au système de magie de Nocturna et donc limitée par ses règles.

Mes larmes menacèrent de couler, mais je les ravalai.

— Je comprends.

— Ils peuvent toujours te rendre visite ici, suggéra-t-il en levant les yeux vers moi.

Je hochai tristement la tête.

— Je sais.

— Je trouverai une réponse au cours de mes recherches, un moyen de te ramener dans le monde ordinaire.

— Merci, murmurai-je.

Monsieur Grosmatou me jeta un dernier regard triste avant de disparaître pour de bon, cette fois.

À nouveau seule, je me sentis écrasée par le poids de ma fatigue. Je n'avais pas du tout dormi la nuit dernière. À la place, j'avais été mêlée à une bataille mortelle après l'autre.

J'étais tellement, tellement fatiguée.

Je m'allongeai donc dans la rue et je fermai les yeux. Il ne me fallut pas longtemps pour m'échapper dans mon propre monde.

# 28

Je me réveillai quand une paire de pattes me massa doucement le flanc.

— Merlin? marmonnai-je. Luna?

Mais quand j'ouvris les yeux, je vis la femelle himalayenne âgée assise à mes côtés avec un air très inquiet.

— Voulez-vous toujours utiliser notre portail? demanda-t-elle en continuant à me masser avec ses pattes.

— Non merci, c'est gentil.

Je me redressai et je me frottai les yeux pour en chasser le sommeil.

— Est-ce que ça va, ma chère? Vous avez l'air épuisée.

*Ma chère.* C'est ainsi que Luna m'appelait. Si je

fermais à nouveau les yeux, je pouvais presque imaginer que Merlin et elle étaient ici avec moi. Mais non, j'étais toute seule.

Pour toujours.

Je lâchai un énorme sanglot qui fit trembler tout mon corps et je poussai un gémissement de douleur.

— Nous allons trouver quelque chose pour réchauffer votre estomac. Venez avec moi, dit la gentille inconnue, et je la laissai me guider jusqu'à sa maison.

— Je ne crois pas que vous puissiez passer confortablement à l'intérieur, mais attendez ici, s'il vous plaît, que je vous apporte un peu de lait, dit-elle avant de courir dans sa petite chaumière.

J'attendis avec le ventre qui gargouillait à l'idée de la nourriture. J'avais été trop effrayée, triste, fatiguée, je ne sais quoi, pour remarquer ma faim jusqu'à maintenant.

J'essayai de me concentrer sur ce qui m'entourait plutôt que la faim au fond de mon ventre.

Autour de moi, le village commençait à s'éveiller. La tombée de la nuit approchait vite, ce qui signifiait qu'il était temps pour eux de commencer leur journée. Je vis ainsi des chats de toutes les couleurs et de toutes les sortes de rayures sortir de leurs maisons et partir pour des lieux inconnus.

Une portée de chatons tachetés noirs et blancs suivait sa mère à la queue leu leu. Ils bougeaient vite les pattes pour ne pas être distancés.

Je souris intérieurement. Mon monde avait pris fin, mais tout autour de moi, la vie continuait. Il y avait toujours des fins heureuses et de nouveaux débuts. Et je pouvais faire en sorte que cela m'arrive aussi, tant que je n'abandonnais pas.

J'aperçus un chat marron aux poils longs zigzaguer à toute vitesse sur le trottoir avec un chaton blanc dans la gueule. Quand ils s'approchèrent, je vis que le bébé ne pouvait pas avoir plus de quelques jours. Il n'avait même pas encore ouvert les yeux.

Oh, mon Dieu. J'espérais que tout allait bien.

Je me levai et je frappai doucement à la porte d'entrée du couple d'himalayens.

— Excusez-moi, madame. Je pense qu'il pourrait y avoir un problème.

Elle siffla de peur, puis elle me regarda à travers la fenêtre.

— Quel genre de problème avez-vous ramené jusqu'à ma porte? demanda-t-elle avec de grands yeux.

— Je n'ai pas fait exprès. Je veux dire, je ne crois pas, je...

— Tu as donné ta langue au chat? lâcha Merlin derrière moi.

Sa voix était étouffée, mais je l'aurais reconnue n'importe où.

Je me retournai et il se tenait là. C'était lui, la boule de poils qui filait dans la rue avec le chaton blanc dans la gueule.

— Est-ce… ?

Ma voix se brisa et je me mis à pleurer.

Oui, encore.

— Tiens. Prends-le, dit Merlin, la bouche pleine de poils.

Je tendis les mains et je le laissai poser le minuscule chaton dessus, puis je me mis debout en le levant jusqu'à mon visage.

— Il est tellement petit! m'exclamai-je d'une voix aiguë. Comment s'appelle-t-il? demandai-je avec le plus grand sourire qui ait jamais illuminé mon visage.

Merlin leva la tête bien haut et huma l'air de la nuit.

— Il n'a pas encore de nom. Luna et moi devions d'abord nous occuper d'une affaire plus pressante.

— Luna ! Elle va bien?

— Oui, tout va bien. Elle a donné naissance comme une championne à quatre bébés en bonne santé. Trois filles et ce garçon.

— Oh! m'écriai-je encore entre deux baisers dont je couvris le minuscule petit chou dans mes mains. Merci de venir me le montrer.

— Je ne l'ai pas apporté pour te le montrer, rectifia Merlin en se mettant à sourire. Il est là pour te ramener à la maison.

Je me redressai brusquement.

— Quoi?

— Ma femme géniale m'a fait remarquer quelque chose quand je suis rentrée.

— Oui, quoi donc?

— Tu es liée à mon sang.

— Oui, et tu n'as plus de magie, raison pour laquelle je suis coincée ici.

— Je n'en ai plus, mais je ne suis plus le seul avec mon sang.

Je fixai le bébé dans mes mains.

— Tu ne veux pas dire...

— Il m'a fait venir ici, annonça Merlin. Maintenant, voyons s'il peut te ramener à la maison. Nous avons besoin de toi là-bas, Gracie. Tu es l'une des nôtres.

Et voilà tout un lac de larmes de la part de mademoiselle Gracie Springs. Une vraie fontaine.

— Merci de m'avoir aidée, mais je m'en vais maintenant, criai-je à l'himalayenne qui nous espionnait avant de m'accroupir pour regarder Merlin dans les yeux.

— Rentrons à la maison, dis-je en tenant le chaton dans une main tout en le caressant avec l'autre.

— Enfin. J'ai cru que tu n'allais jamais le demander.

# 29

Toute la maison était exactement comme je l'avais laissée la veille. Tout, sauf l'arrivée de quatre chatons nouveau-nés qui gigotaient.

— Je les adore. Tous, m'extasiai-je auprès de Luna quand elle me présenta à chacune des trois filles.

Elles ressemblaient toutes à leur père, alors que le seul garçon était comme sa mère.

— Il faudra que tu nous aides à leur trouver des noms. Merlin et moi ne parvenons pas à nous mettre d'accord sur un seul nom, dit-elle en aidant la plus petite des trois filles à s'accrocher pour l'allaitement.

— J'en serais très heureuse.

Virginia choisit ce moment précis pour sortir du mur et hurler :

— Bouh !

Les chatons poussèrent des cris et se collèrent en sécurité contre Luna.

— Tu as osé effrayer mes nièces et neveux chatons ! grognai-je en fulminant d'une rage que je n'avais encore jamais ressentie.

Virginia gloussa.

— Je crois que ça va me plaire d'avoir ces petits morveux dans les parages.

— C'était toi ! aboyai-je en me relevant prudemment et en fonçant vers le fantôme.

— Je ne sais pas du tout de quoi tu parles, dit-elle en se lassant apparemment déjà de moi, car elle se remit à flotter vers le mur.

Je refusai de céder si facilement.

— Tu nous espionnes depuis des semaines. Tu as dit à Dash à quel moment il pouvait faire l'échange avec Luna. Je suppose que tu lui as également suggéré où il pouvait la cacher. Ou bien était-ce juste une coïncidence qu'elle ait finie au fond du puits de Kelley ?

— Mon puits. Ma maison ! rectifia Virginia. Et quelle importance ? D'une façon ou d'une autre, vous avez quand même réussi à gagner à la fin. Quel est donc l'intérêt de savoir quel rôle j'ai eu là-dedans ?

— Ça m'intéresse, dis-je en pointant le pouce vers ma poitrine. D'autant plus que tu effraies les bébés.

— Oh, bouh, snif.

Virginia partit d'un grand rire à sa propre plaisanterie.

Je passai la main dans la poche et je sortis mon téléphone portable.

— Que fais-tu? demanda Virginia d'un ton plus inquiet.

— J'appelle l'exterminateur, dis-je avec un sourire délicieusement diabolique.

Drake décrocha après la deuxième sonnerie.

— Allô?

— Salut, Drake. Es-tu avec monsieur Grosmatou? demandai-je en retenant ma respiration.

— Oui.

— J'ai besoin d'une faveur.

J'expliquai rapidement notre problème.

— Oui, nous pouvons t'aider avec ça, répondit Drake avant de raccrocher.

Environ cinq minutes plus tard, Drake, monsieur Grosmatou et un vieil homme avec une longue barbe blanche apparurent dans mon salon.

Je criai et j'étirai les bras pour former une barricade protectrice pour Luna et les chatons.

— Dash est juste derrière vous! hurlai-je pour les avertir.

Drake me fixa en fronçant les sourcils, perplexe.

— Quoi? Oh, ce n'est pas Dash. C'est...

Virginia poussa une plainte horrible, étouffant les derniers mois de Drake.

Je jetai un coup d'œil juste à temps pour voir le sosie de Dash utiliser une énorme faux et aspirer l'esprit désincarné de Virginia dans la lame.

— Que vient-il de se passer? demandai-je, à la fois ravie et terrifiée.

Drake agita les sourcils.

— Tu avais une âme à faucher, alors j'ai conduit mon ami faucheur ici.

Le vieux type en costume fit une courbette, puis il partit jeter un coup d'œil au contenu de mon frigo.

— Merci, criai-je dans son dos.

Il se contenta de lever la main et se remit à fouiller dans mon réfrigérateur.

— C'est un taiseux, expliqua Drake en haussant les épaules.

— Allez, venez tous les deux. Je veux que vous rencontriez les chatons, dis-je en prenant la main de Drake et en le traînant derrière moi.

Monsieur Grosmatou nous suivit jusqu'au fond de ma chambre, dans un coin où Luna avait disposé un tas de couvertures et de vieux vêtements afin de créer un nid pour les chatons et elle.

Merlin nous rejoignit également quand il revint de ce qu'il avait fait dehors. Il ne dit pas quoi, et je ne posai pas la question.

— Ils sont si minuscules, susurra Drake en s'asseyant en tailleur sur le sol.

— Tu aurais dû les voir il y a quelques heures, dis-je, fière comme une nouvelle tata. Je te jure qu'ils ont au moins doublé de taille depuis.

Tout le monde s'installa en attendant que les chatons terminent leur repas.

Le petit garçon fut le premier à s'écarter de Luna. Il agita les pattes sur le sol et s'éloigna du ventre de sa mère en se traînant. Parce que les chatons étaient toujours incroyablement jeunes — ils avaient moins d'une journée pour l'instant — ils ne s'éloignaient jamais beaucoup de Luna.

Cependant, le petit chenapan se déplaçait d'un air déterminé. Je n'avais jamais vu aucun des bébés s'aventurer aussi loin de leur mère, mais ce chaton blanc continua à avancer jusqu'à heurter le pied de Drake, puis il s'arrêta et miaula.

Drake rit et prit le bébé dans ses mains.

— Waouh, dit-il après avoir soulevé le bébé jusqu'à son visage. Pourquoi a-t-il des yeux rouges ?

Je gloussai.

— Ne dis pas n'importe quoi, Drake. Ils ne vont pas ouvrir les yeux avant au moins une semaine.

Il fit lentement pivoter le chaton afin que je puisse voir sa tête. Effectivement, il avait ouvert les paupières et ses yeux brillaient d'un rouge vif et effrayant.

— Ça, ce n'est pas une bonne chose, dit Grosmatou.

# 30

Au cours de la semaine qui suivit, Drake et monsieur Grosmatou vinrent nous rendre visite tous les jours. Ils expliquèrent qu'ils voulaient simplement voir comment nous allions après la grande bataille avec Dash, mais il était évident qu'ils observaient en réalité le petit chaton blanc aux yeux rouges.

Aucune de ses sœurs n'avait encore ouvert les yeux et elles rampaient et pédalaient pour se déplacer d'un endroit à l'autre. Notre garçon, en revanche, était maintenant capable de courir, de gambader et de bondir. Son activité préférée était de jouer avec les pointeurs laser que j'avais achetés à l'animalerie locale. Bizarrement, il était capable d'attraper le point rouge chaque fois que nous jouions, faisant court-circuiter la pile du pointeur laser et mettant fin à notre jeu.

Il y eut aussi cette fois où il éternua et invoqua une minuscule tornade dans la maison !

Quand il commença à mordre Luna pendant l'allaitement afin que son lait se mélange au sang, Merlin et moi sûmes que nous devions agir vite.

Ce jour-là, quand la bande de Beech Grove apparut pour leur visite, nous laissâmes Drake avec Luna et les bébés pendant que Merlin et moi allions avoir une discussion importante avec monsieur Grosmatou dehors.

— Qu'est-ce qui ne va pas avec mon fils ? demanda Merlin.

— C'est un vampire, affirma simplement Grosmatou.

— C'est un sorcier, rétorqua Merlin en frappant de la patte arrière avec colère.

Il ne pouvait plus invoquer la foudre — ou quoi que ce soit d'autre — mais il gardait encore quelques-uns de ses maniérismes magiques.

— En réalité, je pense que c'est les deux, suggérai-je.

Les deux chats se tournèrent vers moi.

— Je pense qu'il est arrivé quelque chose avec

Drake le premier jour de leur rencontre. Ils se sont liés.

— Et maintenant, Drake est son familier ? demanda Merlin, stupéfait.

— Je ne sais pas qui est quoi.

— Le jour où tu es venu chercher Drake, dit Merlin à Grosmatou en se balançant d'une patte sur l'autre. Tu as dit que les vampires ne boivent plus de sang. Que c'est une pratique démodée. Dans ce cas, pourquoi mon garçon le fait-il ?

Le chat noir secoua la tête avant de répondre :

— Les vampires humains ne le font pas.

— Et les chats vampires ?

Monsieur Grosmatou secoua encore la tête et soupira.

— Je ne sais pas. Il n'y en a encore jamais eu.

Cette révélation fit taire tout le monde.

— Est-ce qu'il ira bien ? demandai-je enfin.

Le chat noir hocha la tête.

— Il est très fort et il se développe à une vitesse accélérée. Vous avez dû le remarquer.

Merlin et moi hochâmes la tête.

— Je sais que c'est difficile à entendre, mais vous devez le laisser partir. Le laisser partir avec Drake. Ils doivent être ensemble.

Les yeux de Merlin scrutèrent l'horizon.

— Mais comment saurais-je qu'il va bien? dit-il d'une toute petite voix.

Grosmatou posa sa patte sur celle de Merlin.

— Tu as ma parole. Je les traiterai tous les deux comme s'ils étaient mes enfants.

Mon chat se tourna vers moi.

— Luna ne va pas aimer ça.

— Je sais, dis-je avec un sourire triste. Ça ne me plaît pas non plus. Mais je comprends.

— Moi aussi. Laissez-moi lui parler d'abord, demanda-t-il, et il courut vers la chatière.

Quelques instants plus tard, Drake sortit nous rejoindre dans le jardin.

— J'ai appris que tu avais rompu avec Kelley, dis-je sur le ton de la conversation, car le sujet me semblait plus léger que toute cette histoire de vampires.

Elle m'avait appelée quelques jours auparavant et elle avait pleuré toutes les larmes de son corps pendant que nous mangions de la glace en regardant un film romantique sur Netflix.

— Il fallait le faire, dit-il. S'il te plaît, promets-moi que tu lui trouveras quelqu'un de bien, quelqu'un qui la mérite.

— Évidemment! criai-je presque.

Beaucoup de choses avaient changé au cours de la dernière semaine, mais Kelley restait une de mes meilleures amies. Cela ne changerait jamais.

— Je déménage, ajouta Drake doucement. Pas à Beech Grove, mais dans un nouvel endroit.

— Il y avait un poste de vampire de la ville, expliqua monsieur Grosmatou. Je me suis porté garant pour lui.

— Eh bien, félicitations. Je suis certaine que ton chaton et toi vous allez adorer.

J'étais trop attristée par le départ du chaton pour lui sourire, maintenant.

Drake regarda Grosmatou sans comprendre.

— Vous avez un lien indestructible. Comme Gracie et Merlin, expliqua le chat patron.

C'était vrai. Même alors que Merlin avait sacrifié sa magie, je restais liée à lui et sa famille. Il suffisait de voir Drake et le chaton pour savoir qu'ils étaient faits pour être ensemble.

— Eh bien, au moins je sais que j'aurai un ami là où je vais.

— Quel nom vas-tu lui donner? demandai-je, détestant que les chatons aient plus d'une semaine et toujours pas de nom.

— Mmm.

Drake réfléchit un instant, puis il eut un sourire comique.

— Puisque c'est un vampire comme moi, je pense que je vais le nommer d'après ce type de Twilight.

Je ris, ce qui encouragea Drake.

— Oui, ce sera donc Jacob, déclara-t-il.

Je n'eus pas le cœur de lui dire que Jacob était le loup-garou. Il semblait si fier de son homonyme.

Merlin réapparut et hocha solennellement la tête.

— Luna comprend. Elle veut seulement la promesse que nous pourrons lui rendre visite de temps en temps.

— Mon Dieu ! cria Drake. Bien sûr que vous le pouvez. Venez quand vous voulez. N'importe quand. Sérieusement, n'importe quand.

— Dans ce cas, nous devrions nous dépêcher avant que la maman chat ait le temps de changer d'avis, suggéra Grosmatou.

Merlin et moi retournâmes jusqu'au nid de la famille pour faire nos adieux.

— Au revoir, Jacob ! criai-je juste avant que Grosmatou, Drake et le précieux petit chaton vampire disparaissent dans un tourbillon de brouillard.

Luna leva la tête vers moi.

— Jacob ? Depuis quand est-ce son nom ?

— Drake vient de le décider, dis-je en m'excusant presque.

Elle soupira.

— Dans ce cas, nous devrions nommer les autres, mon chéri.

Merlin hocha la tête avant d'annoncer :

— Avant que nous le fassions, j'ai une demande pour Gracie.

— Bien sûr. Tu peux me demander n'importe quoi. Tu le sais.

Je m'installai sur le sol pour être plus près d'eux.

Merlin se roula en boule sur mes genoux, me regardant avec ses grands yeux couleur de miel.

— Quand j'ai cédé ma magie, je t'ai libérée du contrat de familier. C'était le seul moyen de te sauver. Mais ne te méprends pas, tu as été le meilleur familier qu'un sorcier puisse demander. Je t'aime, et je suis vraiment heureux que nous nous soyons trouvés.

— Je t'aime aussi, Merlin, avouai-je en sentant monter les larmes.

— Gracie, pourrais-tu s'il te plaît m'aider à trouver des familiers aussi merveilleux pour servir mes enfants ? Je sais que ça ne sera pas facile, mais je veux qu'ils aient ce qu'il y a de mieux, tout comme j'ai eu la m...

— Merlin, l'interrompis-je. Choisis-moi. J'aime vos chatons comme s'ils étaient les miens. Et je les servirai comme je t'ai servi. Nous resterons tous ensemble comme une famille. Enfin, si ça vous convient.

Merlin et Luna échangèrent un regard plein d'amour.

— Nous ne te méritons pas, ma chère, dit-elle. Mais je suis tellement heureuse que tu fasses partie de nos vies.

— Oui, Marguerite, Rosie et Églantine sont les chatons les plus chanceux qui existent, dit Merlin en se penchant pour lécher sa femme sur le front.

Luna lui sourit.

— Tu veux dire… ?

— Je sais que c'était difficile de voir notre garçon partir si jeune. Nous devrions donner aux filles les noms que tu as choisis pour elles. De plus, ils commencent à me plaire.

Les chats se léchèrent à nouveau et je sortis lentement de la pièce pour laisser un peu d'intimité à la famille poilue.

Moi aussi, je faisais partie de cette famille, et j'allais me dévouer à ces trois jeunes filles aussi longtemps que je vivrais.

D'accord, ce n'était pas la vie que j'avais prévue

pour moi, mais c'était celle que j'avais écrite en cours de route.

Et j'allais adorer chaque seconde.

Je m'appelle Gracie Springs et je ne suis pas une sorcière. Ma vie est fichtrement magique tout de même.

## ET ENSUITE ?

J'étais juste une personne normale d'une vingtaine d'années avec sept diplômes différents et aucune idée de ce que je voulais faire dans la vie. Tout a changé quand je suis morte… Enfin, presque.

Comme si une expérience de mort imminente à cause d'une vieille cafetière n'était pas assez gênante, je me suis réveillée en découvrant que je savais parler aux animaux. Ou plutôt, à un animal en particulier.

Il s'appelle Octavius Maxwell Ricardo Edmund Frederick Fulton, mais comme c'est bien trop long, j'ai pris l'habitude de l'appeler Octo-Chat. Il parle si vite qu'il est parfois difficile à comprendre, mais il semble vouloir me dire que son ancienne propriétaire n'est pas morte de cause naturelle, contrairement à ce que croit tout le monde.

Bon, on dirait bien que je n'ai plus le choix : apparemment, ma vocation est d'être la première détective privée chuchotant à l'oreille des animaux de Blueberry Bay... sous couverture de mon travail d'assistante juridique chez Fulton, Thompson & Associés. Je n'ai qu'une seule question : *comment faisait le Docteur Dolittle pour donner l'impression que c'était aussi facile ?*

**Minou Mystérieux est maintenant disponible.**
**Commandez votre exemplaire dès aujourd'hui !**

# APERÇU

## MINOU MYSTÉRIEUX

La première chose que vous devez savoir sur moi, c'est que je déteste les avocats. La deuxième est que je travaille pour eux.

Je n'avais pas prévu ça. Pas du tout.

J'allais être une star internationale et quitter Blueberry Bay sans même un coup d'œil en arrière. Le problème avec ce plan était que, eh bien, il fallait du talent pour être une star... et je n'en ai jamais eu beaucoup. En tout cas, je ne l'avais pas découvert.

*Pour l'instant.*

Quand l'agence d'intérim m'a envoyée travailler en tant que nouvelle assistante juridique chez Fulton, Thompson et Associés, j'ai presque refusé. Mais ensuite, j'ai vu l'argent que cela représentait et je me suis souvenue que le loyer est une chose qui existe.

Et me voilà faisant le nécessaire tout en continuant mon chemin compliqué vers la célébrité, éliminant un par un tous les talents possibles. Si je continuais assez longtemps, j'allais finir par trouver ma véritable vocation, c'était logique. Qui sait? Je pourrais être la meilleure jodleuse hip-hop au monde…

Sauf que j'ai déjà essayé ça et je ne le suis pas.

Ce n'est pas grave, vraiment. Je profite de mon parcours, même si j'aimerais que la destination se dépêche d'arriver.

Salut, je m'appelle Angie Russo et un jour, vous verrez mon nom en haut d'une affiche.

Voyez-vous, ma grand-mère était autrefois une actrice célèbre de Broadway. En tout cas, jusqu'à ce qu'elle arrête au sommet de sa carrière pour aller vivre à Glendale, dans le Maine, et élever sa famille.

Avant que vous posiez la question, non, je ne sais pas chanter, danser, ou jouer, mais Mamie m'assure que j'ai le pouvoir d'être une star dans le sang. Tout comme elle et tout comme ma mère.

Ah oui, vous connaissez sans doute ma mère. C'est la présentatrice du JT sur la septième chaîne et mon père est leur journaliste sportif. Étant donné qu'ils sont très branchés carrière, c'est Mamie qui s'est chargée de m'élever... et ça me convenait très bien.

En fait, je vivrais encore chez elle maintenant si elle ne m'avait pas doucement poussée du nid en me disant qu'il était temps de m'envoler.

C'était il y a environ un an, peu après que je reçoive mon septième diplôme de premier cycle universitaire de Blueberry Bay Community College. Oui, j'ai effectivement toujours aimé apprendre.

Au moins, Dieu m'a rendu service en me rendant intelligente, même s'Il a bien caché mes talents uniques. En fait, un de mes diplômes est dans l'assistance juridique et les services administratifs, un étrange objet d'études pour quelqu'un qui déteste les avocats autant que moi.

Mais cette histoire sera pour un autre jour...

Voici d'abord l'histoire expliquant comment j'ai failli mourir. Et elle est bonne.

J'ai commencé ma journée en reniflant deux vestons afin de choisir le plus propre pour la lecture d'un testament au bureau. Les deux avaient une vague odeur de transpiration et de chaussures de sport, ce qui voulait dire que j'allais encore recevoir une remarque sévère de la part des avocats. D'un autre côté, c'était sans doute précisément ce que je méritais pour avoir repoussé si longtemps un trajet au pressing.

Après avoir embrumé mon placard de déodorant jusqu'à en tousser, j'enlevai le veston rose fluo de son cintre et je passai les bras dans les manches. Un chemisier noir à pois blancs et un legging complétaient parfaitement la tenue. Parce que je n'avais pas le temps de me laver la tête ce matin-là, j'attachai mes cheveux volumineux en un chignon décontracté et j'ornai la coiffure d'une jolie barrette que j'avais achetée cette semaine dans mon magasin « tout à un euro » préféré.

Et avant que vous puissiez poser la question...

Non, je n'avais pas le temps d'aller au pressing.

Et oui, j'avais toujours le temps d'aller faire les magasins.

Ce matin-là, je n'avais le temps de faire ni l'un ni l'autre. En fait, j'avais passé tant de temps à hésiter pour choisir mon veston que je n'avais plus de temps du tout. Je n'étais déjà pas du matin, mais quand il fallait ajouter à cela une course précipitée pour me rendre à un travail que je n'aimais même pas...

Eh bien, je savais déjà que cette journée allait mal se passer.

Je filai hors de chez moi — sans être douchée, sans avoir mangé et sans avoir bu de café — en espérant au moins avoir de la chance et prendre tous les feux verts en chemin. À la place, le train le plus long au monde me coupa la route à moins de deux pâtés de maisons de chez moi. La voie ferrée longe la seule grande route qui dessert notre petite ville côtière et il est impossible d'atteindre le cabinet en prenant des petites routes. Je me suis donc retrouvée coincée quinze bonnes minutes à attendre dans une file de voitures klaxonnant furieusement.

Quand je suis enfin arrivée au bureau, j'étais la dernière à passer la porte et il nous restait moins de dix minutes avant le début de la lecture du testament. Tout espoir que j'avais de me faufiler à l'intérieur sans être remarquée fut anéanti.

— Russo ! hurla M. Thompson avant même que la porte se referme entièrement derrière moi.

Si vous imaginez un vieil homme blanc portant des mocassins et une lavallière, vous aurez une assez bonne idée de l'apparence de M. Thompson et une meilleure idée de sa façon d'être. C'était un avocat fantastique, mais pas un patron très plaisant.

Une épaisse veine charnue pulsait sur le côté de sa tête et je n'arrivais pas à en détourner le regard. Il pointa un doigt tremblant vers moi et me jeta un regard noir.

— En retard et vêtue comme si vous alliez à une fête dont le thème est les années 80 au lieu d'une lecture de testament. Non. Ça n'ira pas aujourd'hui. Allez voir si Peters a une veste que vous pouvez emprunter.

Il me fallut la force d'un millier de culturistes pour ne pas lever les yeux au ciel en m'éloignant pour trouver la seule avocate féminine de tout le cabinet.

Parce que nous partagions le même sexe, nous étions souvent groupées ensemble, mais Bethany Peters et moi étions très différentes. Elle était blonde et jolie et *avait l'air* d'être adorable également — sauf que c'était en réalité le plus grand requin de tous. Je suppose que c'était nécessaire pour être prise au sérieux dans un monde masculin.

Mais qu'est-ce que j'en savais ?

J'étais une simple secrétaire qui n'avait même pas envie d'être là.

Bethany me jeta un regard dédaigneux dès que j'entrai dans son bureau en me pinçant le nez. Voyez-vous, Bethany avait une obsession des huiles essen-tielles et elle en vendait même à ces fêtes ringardes en ligne auxquelles elle nous invitait environ une fois par mois. Je ne travaillais au cabinet que depuis quelques mois, mais j'avais déjà commandé plus de sels de bain à la lavande que nécessaire pour toute une vie.

Le jour de la lecture du testament, le bureau de Bethany empestait le genièvre et le citron, ce qui n'était certainement pas une de ses meilleures compositions. Malgré tout, quel que soit le mélange revigorant pour le pouvoir des femmes qu'elle essayait de concocter, j'espérais sincèrement que cela fonctionne pour elle.

— Laisse-moi deviner, dit-elle avec le ton condescendant qu'elle utilisait toujours quand elle s'adressait à moi ou à un des autres employés sans diplôme de droit. Fulton t'envoie pour m'emprunter une veste.

Un sourire s'étala sur mon visage.

— Thompson, à vrai dire.

J'avais peut-être l'esprit de contradiction, mais j'adorais lui donner tort, particulièrement quand une journée commençait aussi mal que celle-ci. C'était un petit cadeau magnifique.

— Ne peux-tu pas acheter des vêtements de travail plus appropriés au lieu de toujours emprunter les miens à la dernière minute ?

Elle soupira avant de marcher pesamment vers l'autre côté de la pièce, les bras ballants et avec de grands pas exagérés. Elle ressemblait à un gorille

blond BCBG, mais je décidai de garder cette compa-
raison pour moi.

— Thompson... Fulton... Ils paniquent tous les
deux aujourd'hui, me confia Bethany. Apparemment,
la vieille dame décédée fait partie de la famille de
Fulton.

J'écarquillai les yeux. C'était donc pour cela que
tout le monde faisait autant d'histoires aujourd'hui.

— Comment le sais-tu ?

— Eh bien, pour commencer, son nom de famille
est Fulton également.

Elle tapota sa tempe pour me montrer sa puissance cérébrale supérieure.

Je me tapai sur la tête en lui faisant une grimace.
Maintenant, nous étions toutes deux des gorilles de
bureau, et quel spectacle !

Bethany gloussa en me tendant le veston bleu
marine le plus ennuyeux jamais créé sur cette terre.

— Essaie de tenir le coup pour la lecture du
testament, d'accord ?

Je hochai la tête en échangeant les vestes. Celle-ci
me pinçait au niveau des aisselles, mais j'évitai de me
plaindre.

— Merci, maugréai-je en m'échappant tout juste
du bureau de Bethany avant qu'elle puisse une fois de
plus me rappeler qu'Emmaüs ou l'Armée du Salut

étaient de bons endroits pour des vêtements corres-
pondant à mon budget.

— Il vaut mieux enlever cette barrette ! cria-t-elle.

*Mince, presque.*

Mais comme Bethany avait tendance à être
comme un chien avec un os quand elle avait une idée,
je retirai mon joli petit accessoire en arrachant
quelques cheveux. Je défis également le chignon et je
me peignai rapidement les cheveux avec les doigts
pour les rendre semi-présentables. Avec un peu de
chance, ça allait suffire à contenter tout le monde.

— Angie, est-ce toi ? demanda M. Fulton, l'associé
principal, depuis l'intérieur de la salle de conférence.

Pour une raison qui m'échappe, Thompson utilise
toujours nos noms de famille et Fulton nos prénoms.
C'était peut-être leur façon de jouer au gentil avocat,
méchant avocat, ou alors ils aimaient nous forcer à
rester sur le qui-vive.

J'affichai mon meilleur sourire. Après tout, ce
type venait de perdre un membre de sa famille.

— Bonjour, monsieur. Puis-je faire quelque chose
pour vous ?

Son regard s'attarda brièvement sur mon visage,
puis il s'éclaircit la gorge et indiqua la vieille cafetière
poussiéreuse dans un coin de la pièce.

— Il va nous falloir beaucoup de café et comme tu

es un peu en retard ce matin, je crains qu'il n'y ait plus assez de temps pour courir en chercher au café. Il faudra utiliser notre cafetière de secours. Un café aussi fort que possible, s'il te plaît.

— Je m'en charge !

Nous n'utilisions pas très souvent la cafetière et ne la gardions vraiment que pour les urgences caféinées d'alerte rouge. Le fait que nous en ayons besoin maintenant n'était vraiment pas bon signe.

En fait, je n'avais jamais utilisé ce vieux machin. L'unique fois où j'en avais presque eu l'occasion, un interne était arrivé au bureau en portant un plateau de Starbucks et j'y avais donc échappé. Cette chose ancienne ne devait cependant pas être très difficile à comprendre. Après tout, j'avais sept diplômes différents.

M. Thompson, Bethany et quelques autres avocats entrèrent pendant que je trafiquais le porte-filtre qui refusait de s'aligner sur les rainures de la machine. Normalement, il n'y avait qu'un ou deux avocats présents à une lecture de testament, mais ils semblaient sortir le grand jeu pour celle-ci.

Était-ce simplement parce que la personne décédée faisait partie de la famille de l'un de nos associés ? Ou bien se passait-il autre chose ? Ma curiosité était soudain aiguisée.

En travaillant dans mon coin, j'entendis quelques bribes de conversation autour de la table de la salle de conférence. Nos discussions quotidiennes au cabinet étaient en général assez inintéressantes, mais tout semblait particulièrement croustillant aujourd'hui.

— Il est vrai que c'est une situation assez inhabituelle, dit Thompson le premier.

Plus tard, Fulton ajouta :

— Étant donné les modalités, je m'attends à ce que l'un des bénéficiaires conteste.

Un associé qui s'appelait Brad installa un magnétophone — oui, une autre relique qui vivait dans nos bureaux — et Bethany remua un tas de papiers.

Quand le porte-filtre se clipsa enfin à sa place, je laissai échapper un petit cri triomphal, m'attirant les regards désapprobateurs de mes collègues.

— Je reviens tout de suite, promis-je en filant le long de la foule grandissante avec le pot de café vide.

Une belle femme blonde portant un pull et un gilet assortis ainsi qu'un collier de perles m'arrêta avant que je puisse atteindre le robinet de la cuisine.

— Angie, je suis si contente de te voir !

Diane Fulton — l'épouse de M. Fulton — secoua la tête et fronça ses sourcils trop épilés.

— As-tu vu l'épisode d'hier soir ?

Même si Diane s'habille comme une snob aristo,

c'est la personne la plus cool de cet endroit. Elle et moi avions toute une liste d'émissions de téléréalité que nous aimions regarder et dont on parlait quand elle passait au bureau pour venir déjeuner avec son mari.

Elle écarquilla les yeux en attendant ma réponse. J'étais peut-être arrivée en retard au travail, mais je n'étais jamais en retard sur les épisodes.

— J'ai eu du mal à croire qu'ils aient éliminé Trace, dis-je avec un soupir tragique en ouvrant le robinet. J'espère qu'il pourra quand même obtenir un contrat pour un disque après tout ça.

— Parlons-en plus tard, dit-elle en fronçant légèrement les sourcils. Je dois…

Elle indiqua la salle de conférence. Je me sentis très mal pour elle.

— J'ai appris. Mes condoléances. Vous, euh, vous n'étiez pas proches, si?

Elle me fixa un moment comme si elle n'avait pas entendu la question. Ses boucles d'oreilles étaient si longues qu'elles touchèrent ses joues quand elle secoua la tête.

— Ethel était la grand-tante de Richard. Elle était très vieille et malade depuis longtemps. Je pense que nous nous attendions tous à ce qu'elle décède bientôt.

— Malgré tout, c'est nul.

Diane me fit un sourire poli avant de s'excuser.

Sérieusement ? Je n'avais pas trouvé mieux que *c'est nul* ? Heureusement qu'aucun de mes diplômes n'était en psychologie. D'un autre côté, ce n'était peut-être pas une si mauvaise idée de reprendre les études. Après tout, l'école avait toujours été l'endroit où j'étais bien. C'est en partie la raison pour laquelle j'ai fini avec tant de diplômes.

Je revins avec une carafe pleine d'eau et un sachet de café moulu dont la date d'expiration était dépassée depuis l'année précédente, mais qui sentait encore bon, heureusement. Pendant ma très brève absence, la salle de réunion s'était encore remplie davantage. Les Fulton devaient être une grande famille. Ou alors grand-tante Ethel avait été une femme fortunée — et probablement généreuse.

M. Fulton me regarda en levant un sourcil interrogateur.

— C'est presque prêt, assurai-je en passant devant la salle pour me rendre à mon petit coin tranquille avec la cafetière.

Je remplis le réservoir d'eau aussi vite que possible, je versai quelques cuillerées de café dans le filtre et j'appuyai sur le gros bouton rouge pour lancer la préparation.

Il ne se passa rien.

Alors j'appuyai encore... et encore... et encore treize fois sans effet.

— Ça aiderait de la brancher, dit Bethany d'une voix assez forte pour que tout le monde l'entende et puisse rire à cause de mon incompétence pleine de bonnes intentions.

*L'horreur !*

Je passai la main derrière la machine jusqu'à trouver le câble. Tout le monde riait encore quand j'enfonçai le cordon dans la prise la plus proche...

D'abord, je sentis un petit picotement au bout de mes doigts, puis tout mon corps fut animé de douleur. Pendant environ deux fractions de seconde, je devins hyper consciente de ce qui m'entourait : toutes les odeurs, les bruits, les sensations, même le goût de l'air dans cette pièce à ce moment-là. Les rires individuels se transformèrent en une exclamation collective.

Puis avec un *bzzzz* violent, tout disparut.

Je tombai sans connaissance sur le sol.

**Minou Mystérieux** est maintenant disponible. **Commandez votre exemplaire dès aujourd'hui !**

## À PROPOS DE MOLLY FITZ

Même si Molly Fitz, l'autrice de bestsellers sur la liste de *USA Today*, ne sait techniquement pas communiquer avec les animaux, ses trois assistants d'écriture félins et elle ont des conversations très animées en vaquant à leurs occupations.

Elle vit avec son enfant et leur propre zoo quelque part dans la nature sauvage de l'Alaska. Molly s'aventure parfois hors de chez elle pour de bons repas, du café délicieux, ou pour rencontrer de nouveaux animaux.

Apprenez-en plus sur Molly et ses livres en français, et n'oubliez pas de vous inscrire à sa newsletter sur **minoumystérieux.com.**

## LES ENQUÊTES DE LA CHUCHOTEUSE

Angie Russo vient de s'associer avec le tout premier chat détective parlant de Blueberry Bay. Avec sa bande hétéroclite d'humains et d'animaux, Octo-Chat est bien décidé à sauver la situation... tant que ça n'interfère pas avec son planning. Commencez par le tome 1, *Minou Mystérieux*.

## MYSTÈRES MAGIQUES DE MERLIN

Gracie Springs n'est pas une sorcière... mais son chat est un sorcier. Elle doit maintenant aider à garder son secret ou risquer de passer le reste de sa vie dans une prison magique. Dommage que les problèmes semblent les suivre partout où ils vont! Commencez par le tome 1, *Merlin affronte un familier*.

## L'AGENCE D'INTÉRIM PARANORMALE

La vie simple de Tawny Bigford prend un tour magique quand elle tombe sur le meurtre de sa propriétaire et qu'elle est recrutée par un chat noir parlant nommé Fluffikins pour prendre le rôle de la défunte en tant que Sorcière Officielle de la ville de Beech Grove, Géorgie. Commencez par le tome 1, *Sorcière à louer*.

## COMMUNIQUEZ AVEC MOLLY

Si vous cherchez à rejoindre une communauté de doux dingues qui aiment les animaux autant qu'ils aiment les livres, alors nous allons vraiment nous entendre !

Suivez **ma page Facebook** exclusivement réservée à mon lectorat français : Facebook.com/lapilealire

Abonnez-vous à **ma newsletter** pour recevoir des cadeaux numériques, les dernières nouvelles et même des cadeaux occasionnels réservés uniquement à mes fans français : minoumystérieux.com/abonnez